Jichu Tu'an Shiyong Jiaoxue Tudian

# 基础图案实用教学图典

## ——动物植物风景篇

广西美术出版社

Preface

# 前言

图案艺术是唤起人类审美感知的艺术形式之一，也是各设计门类的基础。目前，许多高校在艺术高考中仍设置了装饰图案、图形设计的科目，这说明各艺术高校在注重扎实的美术功底的同时，也十分重视学生对自然形象的创新设计能力。基础图案课程作为设计专业的重要基础课，重点要训练学生对自然形象的加工和变形等装饰设计能力，更要培养学生认识能力和创新思维能力。只有掌握了基本原理，才能在任何专业中对任何具体设计进行消化与融合。

本书作为基础图案学习与教学的参考图典，编者重新整理教学思路，分别从图案的造型设计、色彩设计、格式设计三大块面出发，对每个块面的设计规律层层剖析，并列举案例类型全面的示范，设计出举一反三的学习方法，旨在让基础图案教学更科学、系统和易于学习，让考生、学生、设计师和广大美术爱好者能借助本书解决一些设计中的具体问题。

# 目录



Contents

人物图案

# 第一章 基础图案设计入门

## 一、图案的概念

禽鸟图案

图案一般是指有装饰意味的、结构整齐匀称的花纹或图形。多用在纺织品、工艺美术品和建筑物上。

《辞海》对“图案”的解释有广义与狭义之分。广义的图案指对某种器物的造型结构、色彩、纹饰进行工艺处理而事先设计的施工方案，制成图样，通称图案。有的器物(如某些木器家具等)除了造型结构，别无装饰纹样，亦属图案范畴(或称立体图案)。狭义则指器物上的装饰纹样和色彩。

通俗的解释，图案是与人们生活密不可分的艺术性和实用性相结合的艺术形式。生活中具有装饰意味的花纹或者图形我们都可以称之为图案。图案是实用和装饰相结合的一种美术形式，它把生活中的自然形象进行整理、加工、变化，使它更完美，更适合实际应用。系统地了解和掌握图案的基础知识和技能，不仅能提高对美的欣赏能力，而且还能在实际应用中创造美，得到美的享受。

图案根据表现形式则有具象和抽象之分。本书将具象图案内容主要分为植物图案、风景图案、人物图案和动物图案等。明确了图案的概念后，才能更好地学习和研究图案的法则和规律。

兽类图案

## 二、学习基础图案之三部曲

1. 鉴赏与学习

作为图案设计的初学者，借鉴与学习国内外优秀的图案艺术是引导我们学习好图案设计的最佳途径和方法。

在中国的传统与民间艺术中，图案设计始终是其中非常重要的组成部分，诸如敦煌艺术、青铜艺术、秦砖汉瓦、唐宋瓷器艺术、民间艺术中的剪纸、服饰图案以及面具。从彩陶艺术上的装饰图案中，我们可以深切地体会到，人类那无穷的想象力与巧夺天工的技艺结合得是多么的默契与生动，我们完全可以从彩陶的装饰图案中感知到图案设计发展的基本脉络。而这些都为我们今天的学习提供了非常丰富的参考资料。

植物图案

花卉图案

敦煌壁画

风景图案

青铜器物

画像砖

清代服饰

青花瓷

民间面具艺术

民间剪纸

彩陶

同时，我们还应多欣赏与学习国外艺术中的图案精品，如著名的欧洲建筑图案，美洲的玛雅图案、印加图案，大洋洲的毛利族图案以及颇具盛名的非洲木雕图案等。如果我们能够经常沉浸在这些博大精深的图案艺术之中，将会促使我们产生更多更丰富的设计灵感与意念。在当今的许多现代设计作品中，我们仍可感受到图案造型艺术对之产生的潜移默化的影响。

2. 审美与形式

具备了一定的鉴赏与学习的能力之后，我们会对图案设计的审美与形式产生一定的印象。审美是指人们对于美好事物的判断与欣赏。而这种判断与欣赏又是遵循于一定的形式来进行的。形式则是指图案的造型以及它的构成规律，如图案的格式、平衡、对比、韵律等。一幅形式感很强的设计作品，一定会具备较好的审美情趣。

平衡是介于人们对图形设计中的重心、大小、质感、色调、位置的合理运用所作出的视觉与心理上的判断。

对比是指图案设计中图形的大小、黑白、虚实等效果所产生的视觉现象。

韵律则是在图案设计中设计者遵循一定的视觉规律，使图形有一定规律的变化，如图案中的渐变、重叠、运动轨迹化、透视效果等都具有这方面的因素。

非洲木雕

日本纺织

埃舍尔作品

现代设计作品

欧洲柱雕

美洲陶器

民间剪纸

伊朗瓷盘

欧洲插画

美洲壁画

3. 造型与变化

这个阶段，是图案设计中实质的阶段，我们要开始进行针对性的造型训练与绘制。造型指的是通过对某一物象进行观察，构思与创意后所做出的视觉化的形象。它应能体现出设计者对于该物象高度概括的并具有个性化的表现意识。许多图案设计之所以让人难以忘怀，都是造型成功之所为，如著名的米老鼠、唐老鸭等卡通形象设计，就是较为成功的现代范例。而传统的图形中，如敦煌的飞天，汉代瓦当的青龙、白虎、朱雀、玄武等造型，也是极为生动和成功的。美洲玛雅艺术中的神的造型，也极具代表性。造型的成功与否，夸张与变化起着决定性的作用，由一个自然形向一个艺术化的造型的演变是图案设计的基本过程。

图案设计中，对形体的夸张与变化往往是由设计者根据物象的主要特征来进行的，例如人物的特征多体现于头部及身体的曲线变化，女性尤为突出，所以很多的人物图案都以女性为题材进行刻画。植物、动物、风景等图案都应根据不同的特征来进行判断，尽量将其特征加以概括、夸张和变化。去掉一些共性化的特征，强化个性化的部位。另外，在技法的表现上也应加以创新，除传统的点线面变化外，可根据造型的需要，适当增加如擦、刮、褶皱、印压等肌理效果的表现，这样才能更好地表现出图案设计的创新与现代意识。

以上是学习基础图案设计的基本方法，理解和运用好这些规律对学习图案设计有重要的指导意义。本书将在后面的章节，加以详细地论述与示范，力求使本书能成为设计专业学生、美术设计爱好者最理想的教材，并为图案设计教学服务。

敦煌飞天

汉代瓦当

# 第二章

# 基础图案的造型设计

## 一、造型设计的方法

造型设计是基础图案设计的基础，可以说，掌握了图案造型设计的方法，要设计一幅精美的基础图案并不是难事。本书将基础图案的造型设计总结为三个步骤。

1. 收集素材。艺术来源于生活，美丽的大自然为我们提供了丰富多彩的设计资源。为基础图案收集素材，需要我们平时多观察、多留意、多发现身边美的事物，并用写生的方式将其记录下来。写生方法主要采用线描、素描、黑白画，或淡彩的形式，画的过程中一定要仔细观察事物造型的特征，如能把握好这些基本特点，将令你今后的设计得心应手。

动物写生

动物写生

动物写生

风景速写

风景速写

风景写生

动物写生

风景写生

2．变形设计。完成写生阶段的学习后，进入造型的变形阶段训练，这个阶段应进行概括、夸张、抽象组合等三个阶段的练习，将原形进行变形设计。概括的方法是指将事物原本复杂的造型细节进行简化，但需保持其基本特征。夸张主要是将事物独具特点的造型部位进行放大或是拉伸，使其特点更为突出，造型更具趣味性。抽象组合的方法可以将事物的造型细节概括为几何造型，或是简化为点、线、面的组合，使造型设计与原本事物之间有一种似像非像的感觉，图案的造型也因此别具一格，更具艺术感。

**房子的变形设计**

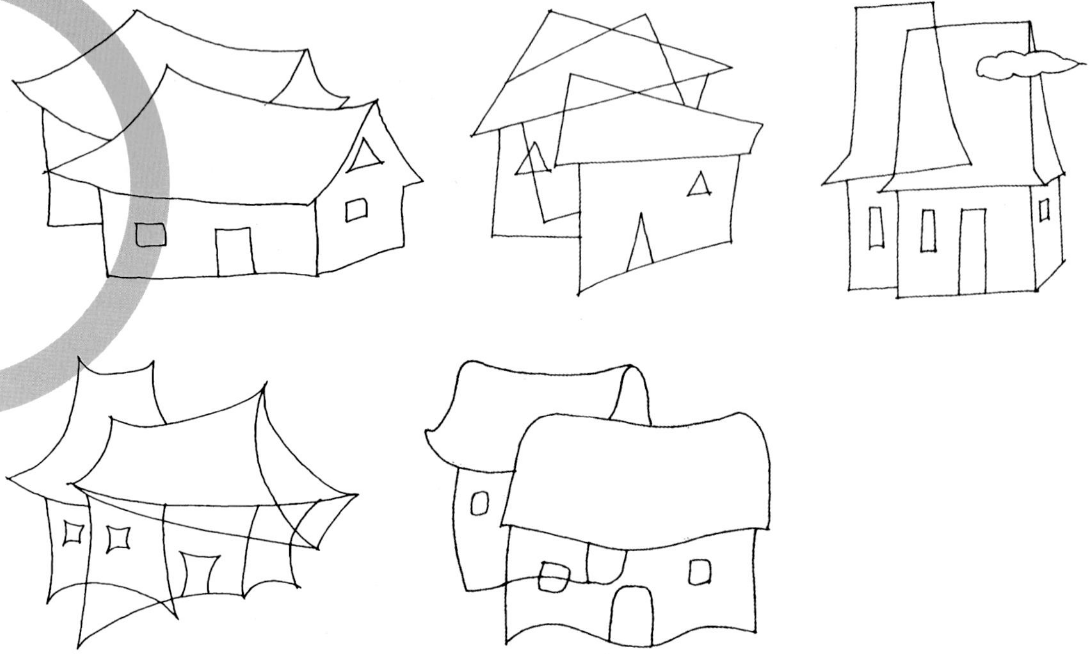

**山的变形设计**

动物的变形设计

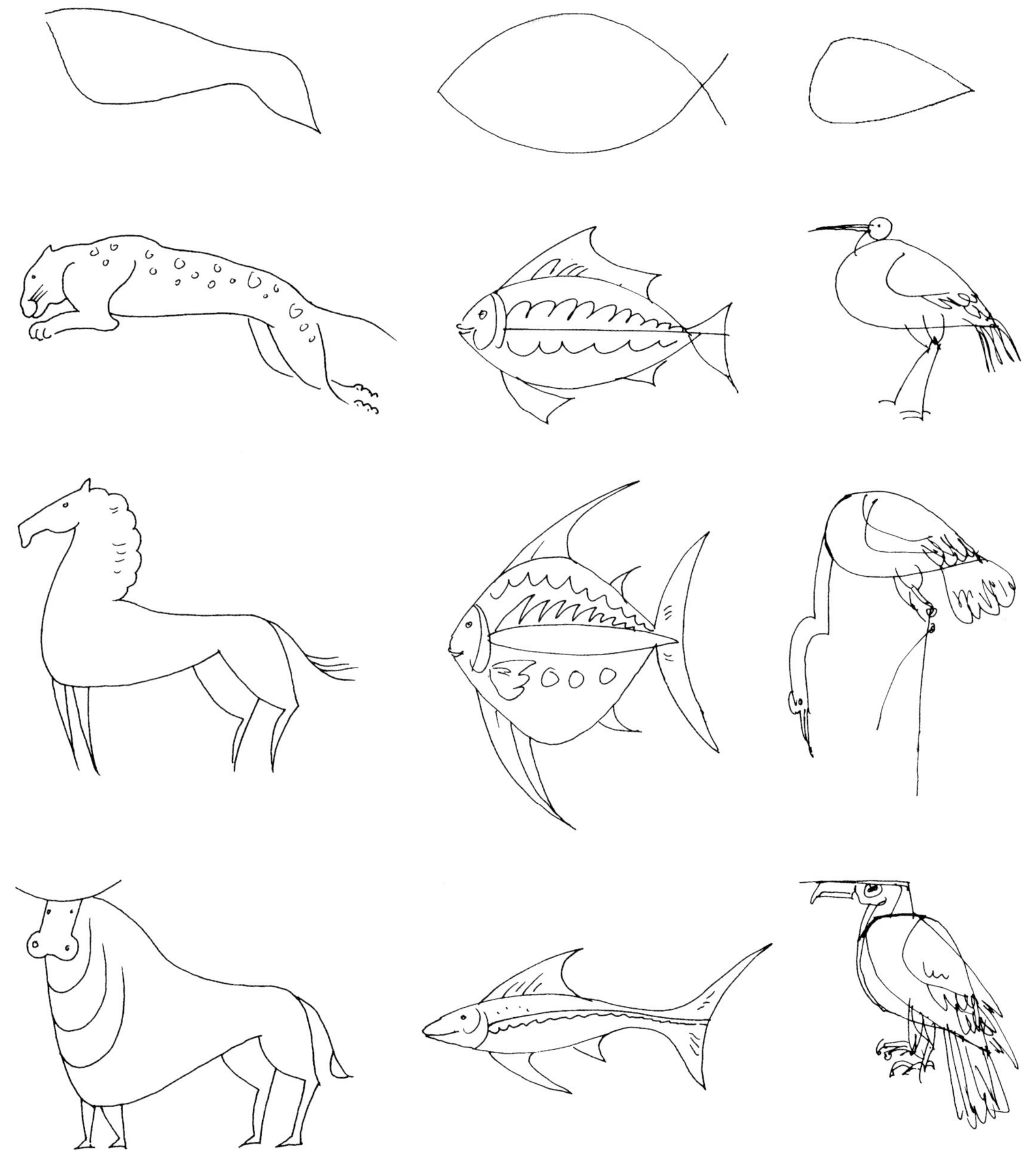

3. 装饰设计。将图案原形进行变形设计后即可根据需要在此基础上进行装饰的添加设计，经过装饰添加后就可完成一幅黑白图案了。点线面是基础图案造型的装饰设计的基本元素，线体现一种韵律，点代表着虚实层次，面表达一种整体与厚实，运用好点线面在每一幅作品中的穿插与组合，是决定作品成功的关键。点、线、面的造型语言是非常丰富和微妙的，不同的形体风格应选择不同的表现方式，添加的位置一般都在造型的结构部位，以及事物表面的纹理都是添加装饰的参考。以点为主或以线为主，再者以面为主，设计的过程其实也就是考验设计者对于形体表现语言的理解。

各种肌理效果的表现也是应该多予以探讨和研究的，如各种辅助性的干点、擦揉、折纹、水印等效果也是表现图案风格的技法之选。在进行练习时，各种技法的组合运用是设计中常用的手段。

鱼的变形设计

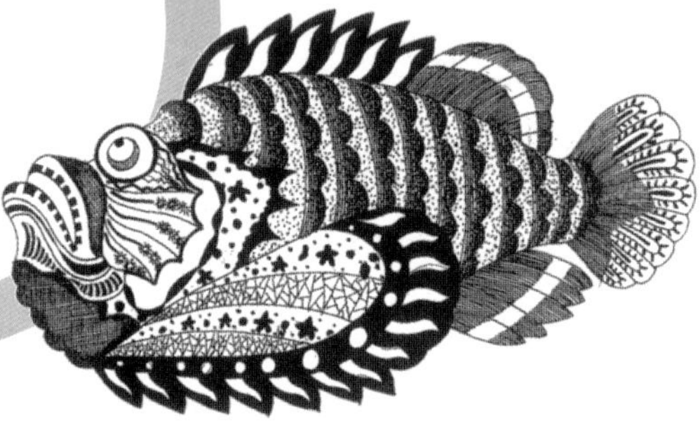

添加装饰

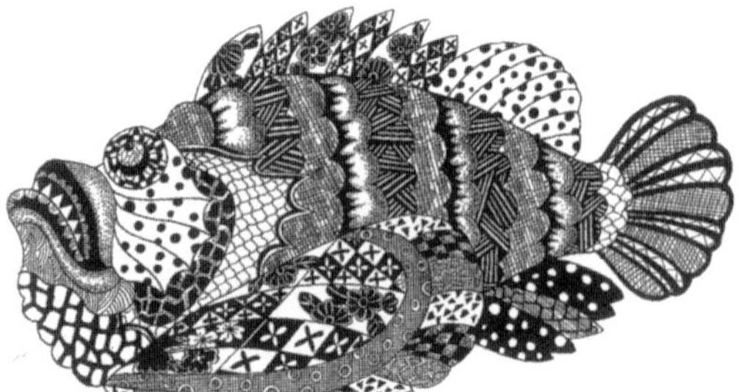

禽鸟的变形设计

添加装饰

羊的变形设计

添加装饰

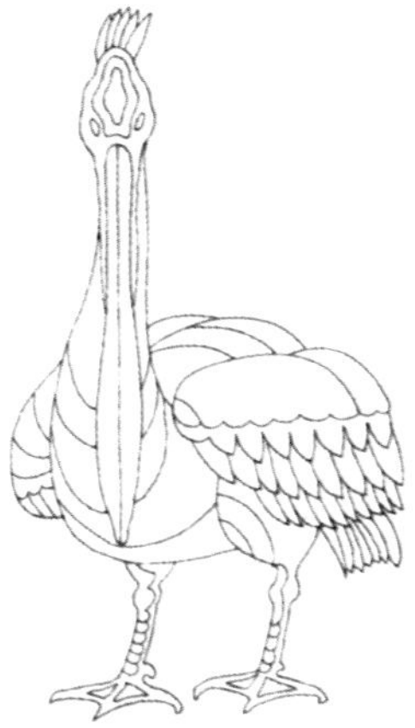
禽鸟的变形设计

添加装饰

狮子的变形设计

添加装饰

房子的变形设计

添加装饰

房子的变形设计

房子的变形设计

添加装饰

添加装饰

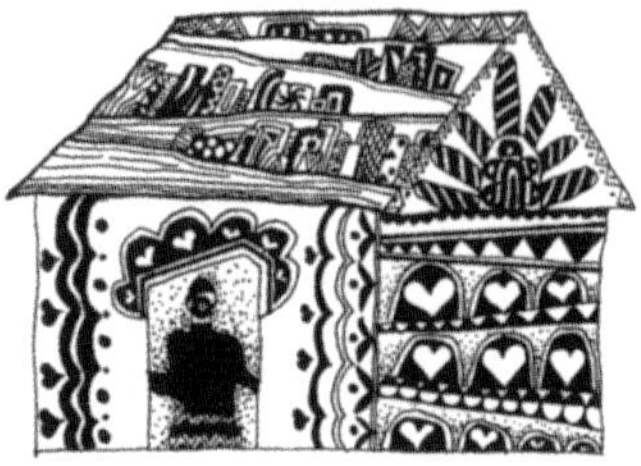

风景的变形设计

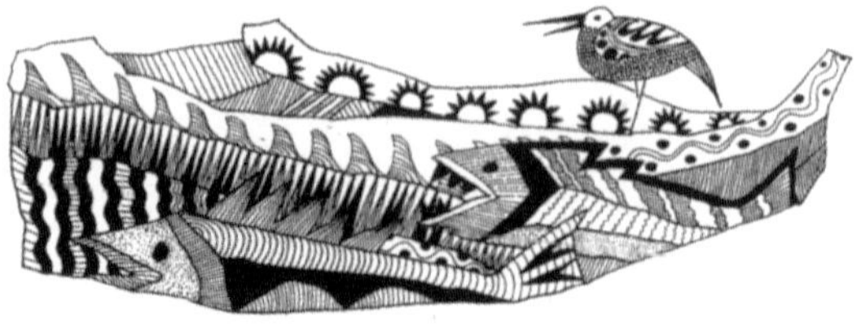

添加装饰

## 二、基础图案的骨骼设计

图案的格式是图案设计非常重要的内容，它包括各种形式的变化与应用，它是构成图案的基本格式与框架。

1. 单独图案：不与周围发生直接联系，可以独立存在和使用的纹样叫单独纹样。单个图案造型，不受外形的限制，自由活泼，多强调形体的夸张与变化、创意与组合，形式可分为对称与均衡两种。

2. 二方连续图案：以一个或几个纹样，在两条平行线之间的带状形平面上，规律地排列并以向上向下或向左向右两个方向无限连续循环所构成的带状形纹样，称为二方连续纹样。它的风格较为平稳简单。一般适用于边缘、服装、陶瓷的装饰，在包装设计中最为常用。二方连续的组织格式变化极为丰富，一般可分为八种不同的排列格式。设计过程中应注意其排列的韵律变化，如疏密、大小、色调等，以期达到完整的视觉效果。

均衡式单独图案

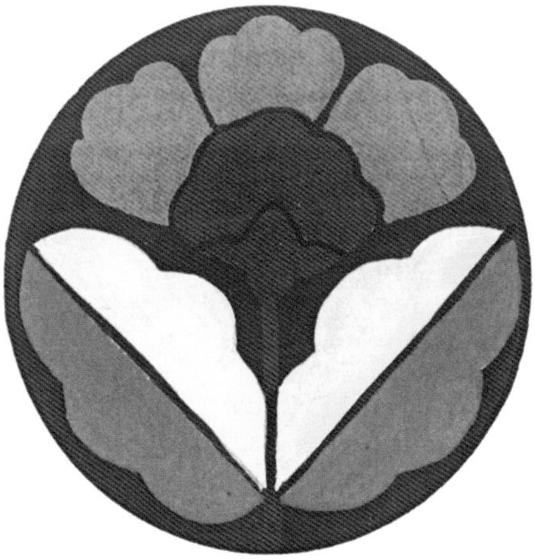

对称式单独图案

直立式二方连续

3. 四方连续图案：是由一个纹样或几个纹样组成的一个单位，向上向下向左向右四个方向反复连续而形成的图案。

4. 适合图案：指图案设计所需的基本外形，图案的内容必须适合于这一外形的变化。适合图案格式一般有圆形、方形、三角形、多边形及各种异形或自由外形。适合格式中又分为各种造型的变化，如均衡形、对称形及多层变化形等。

以下将针对不同类型的图案，具体说明每个步骤的要求。

发散式适合图案

离心式适合图案

发射式适合图案

均衡式适合图案

向心式适合图案

## 三、动物图案设计造型图例

由于物种的不同，我们写生时会遇到一定限制，在城市里，一般我们只能在动物园里才可能接触到我们所喜爱的动物，到野外去写生不失为好的想法，但不切实际。大多数动物是不会让人类接近的，由于动物的动作一般都很敏捷快速，也许你还没多看上一眼，它就跑得无影无踪了。这个时候，可借助于相机等工具，将美的素材拍下来，再进行描绘与调整。动物的动态千姿百态，在写生时应多观察，每一个动作给人的感觉都不一样，别具情趣，我们应抓住其中最能表达其特征造型的动作来画，因为有的动物奔跑时好看，有的站立着能入画，有的在觅食时生动，尽显不同的风格。

由于动物种类繁多，形体结构也不尽相同，但大的物种却有共同的结构特征。如草食类的牛、马等动物，其形象特征看似不同，但从结构上分析，却有相同之处。猫科类动物，如狮、虎、豹等，也有共同之处，因为其善于奔跑，所以前胸及后肢较为发达有力，腹部上收，以减少阻力。因此在创作时应予以注意。在对动物进行变形造型时，应学会观察和掌握动物的基本特征和习性。如大象，躯体庞大、四肢如柱、长鼻大耳，习性是以鼻子摄取食物和“工作”。鼻子时而取食，时而喷水，时卷时直，特征明显。所以人们设计大象图案时，多以夸张其鼻子为主。又如狮子威猛异常；老虎的斑纹，神秘而独具魅力；公牛，双角犀利而身手矫健；长颈鹿修长的颈项，高傲而挺拔；猴子可爱的面相和动态，轻巧而稚气，让人忍俊不禁。鱼类的基本形更趋明显的纺锤式或橄榄式形体，有变化的部位一般是鱼头、鱼鳍、鱼尾等。热带鱼是最善入画的品种，其本身千奇百怪的造型加上艳丽的色彩、图纹等，非常赏心悦目。所以观察和掌握好动物的这些基本特点，再加上一定的绘画造型基础，学习好动物图案的设计就不再是件难事了。

例图一：大象

造型特征提示：大象家喻户晓，其庞大的身躯、笨拙的动作，常给人们留下深刻的印象。大象深受人们的喜爱，已成为图案设计中最为常用的题材内容。大象的基本特征表现为：庞大的身体，如柱的四肢，软长的鼻子，尖利的双牙及扇形的大耳。设计时，应着重刻画及夸张其头部特征，特别是长鼻及象牙、大耳，人们在欣赏大象时，常常是从这些特征开始的。身体及四肢的造型应尽量简单、概括。

线描写生

**单元图形的变形设计**

**单元图形的各种形式组合设计**

二方连续

二方连续

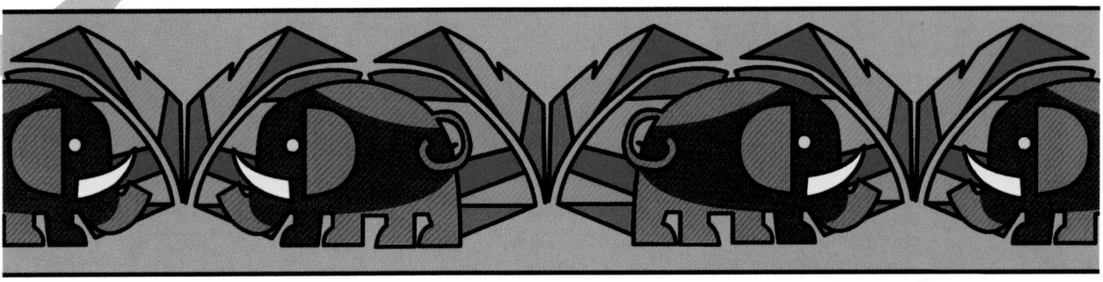

二方连续

适合纹样

单独纹样

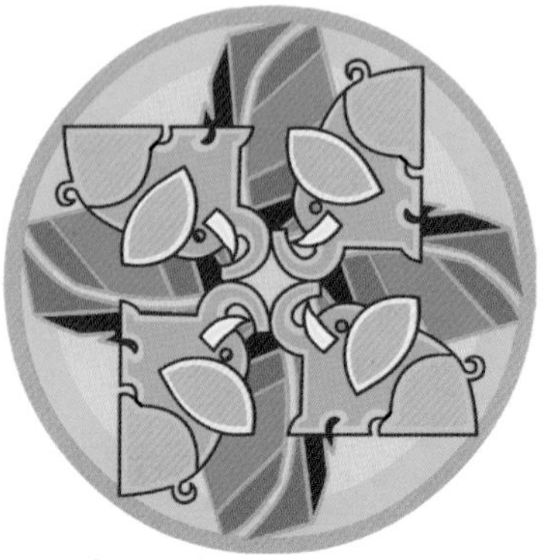

适合纹样

例图二：狮子

造型特征提示：狮子的凶猛、剽悍性格已深为人知。狮子群中，雄狮与雌狮的区别很大，图案设计里一般只采用雄狮的造型，因为雄狮的造型更具特征。其主要表现为头部的鬃毛，所以，画好狮子的头部，其实就等于画好了大半，其身体部分与一般猫科动物基本相似，在动态选择方面，狮子静卧和狂奔捕猎的动态也是非常好表现的。角度一般正面、侧面都很好掌握，但仍以其头部毛发为主要夸张变形之素材。

线描写生

单元图形的变形设计

单元图形的各种形式组合设计

二方连续

二方连续

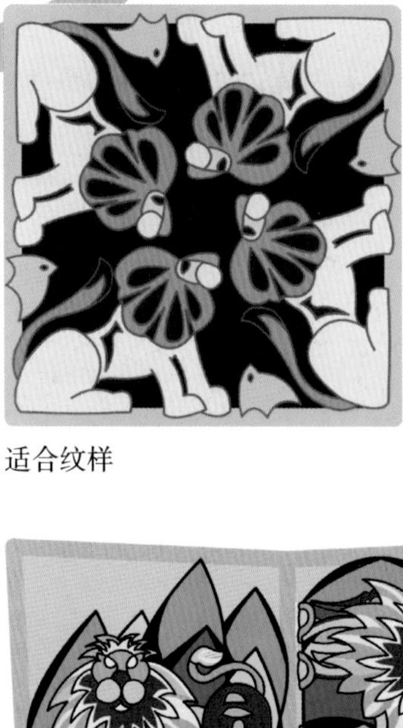

适合纹样

适合纹样

适合纹样

四方连续

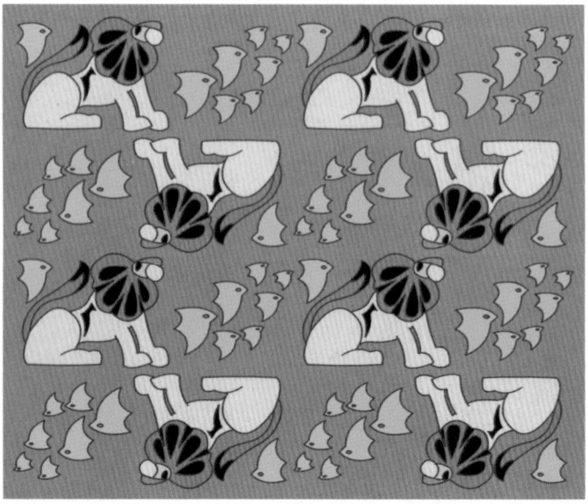

四方连续

例图三：老虎

造型特征提示：老虎也是人们非常熟悉和喜爱的大型野生动物之一，属猫科动物，其头部结构及身躯造型与狮子及豹类是非常相似的。老虎的主要特征是从其身上的斑纹所体现的，所以，表现好老虎的头部神态，及动态、结构，再加以斑纹的装饰，是设计好虎形图案的基本要求。初学者画虎形图案，最好先从其半卧式动态造型入手，然后再进行站立及奔走时的动态造型，由简到繁地逐步进行。观察角度一般是正侧面最佳，但有时也可选择正面，应以个人的造型能力来进行。

线描写生

单元图形的变形设计

单元图形的各种形式组合设计

二方连续

二方连续

二方连续

单独纹样

四方连续

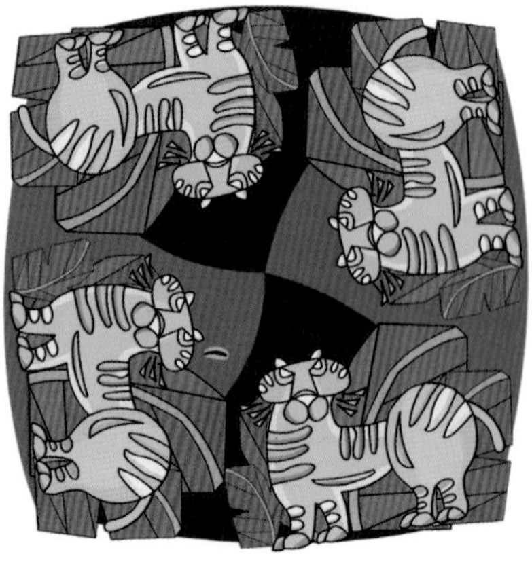

四方连续

四方连续

例图四：马

造型特征提示：在很久以前，马是与人们的生活息息相关的动物之一，无论在哪种绘画形式中，马总是最为常见的题材，深得人们的青睐。图案设计中，马的造型也是很多的。马的主要特征表现为高大的身躯、俊美修长的马头，颈背上的鬃毛也是设计入画的极佳选择。其中马头的设计最为关键，所以初学者应在马头的夸张变化上多下工夫，与此同时，也应对马的全身结构多做些了解，多画些马的速写，这样才能把马的图案设计得生动而真实。设计的角度选择是不受局限的，动态的设计也可灵活掌握。

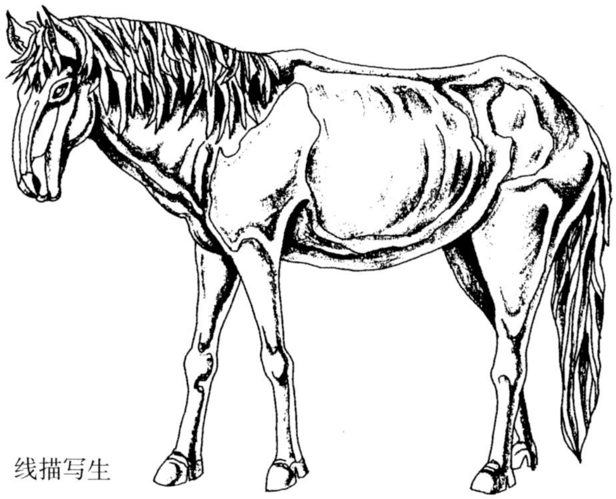

线描写生

**单元图形的变形设计**

**单元图形的各种形式组合设计**

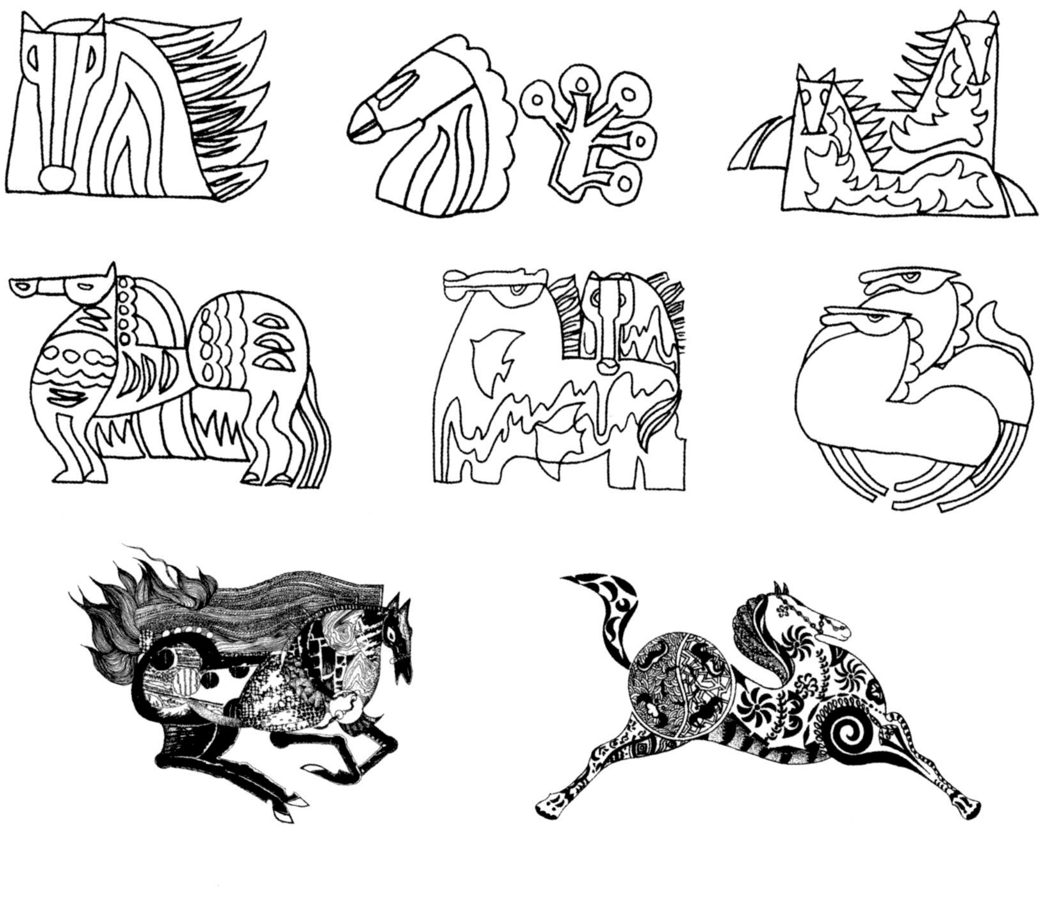

单独纹样

单独纹样

单独纹样

二方连续

适合纹样

四方连续

例图五：牛

造型特征提示：自古以来，牛就是勤劳的象征，远古时期的刀耕火种，牛就和人类结下了不解之缘，在众多的艺术品中，牛的角色也是非常重要的。牛的基本特征表现在其典型的双角上，当然，牛的动态也是需要着重抓住的特征，因为牛的整体造型生动与否，完全取决于牛角与牛的动态结合的准确性和合理性，如斗牛时牛的动态就表现得非常令人激动。初学者如要熟练设计好牛的图案，除了多了解牛的习性和动态结构外，最好还需多做些夸张及变化练习，角度的选择一般以侧面为佳。

线描写生

**单元图形的变形设计**

**单元图形的各种形式组合设计**

单独纹样

单独纹样

单独纹样

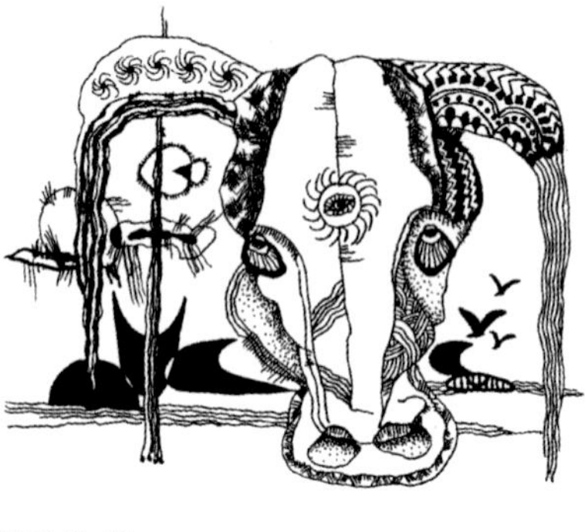

单独纹样

单独纹样

二方连续

适合纹样

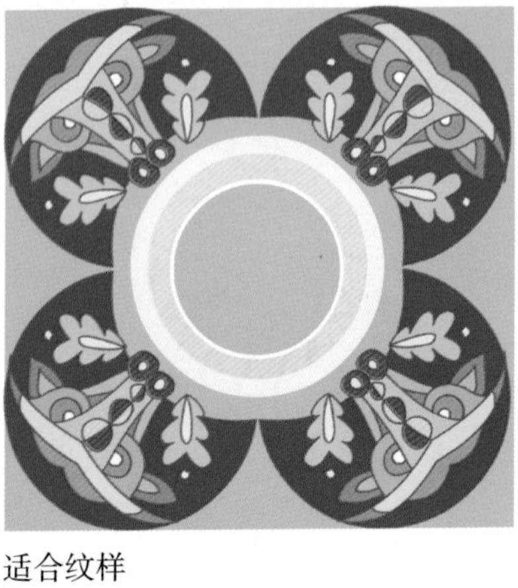

适合纹样

例图六：羊

造型特征提示：羊以其温顺的性格而受到人们的喜爱。羊的种类很多，其中绵羊、山羊最能入画。羊的主要特征表现为弯曲的羊角及绵羊浑身的绒毛。在设计时，只要能加以夸张和变形，就会得出非常感人的羊形图案。羊的图案较之于牛、马等动物来说则显得容易些，初学设计时，应先对羊的头部做些简单的练习，然后再配以动态的造型来进行设计。

线描写生

单元图形的变形设计

单元图形的各种形式组合设计

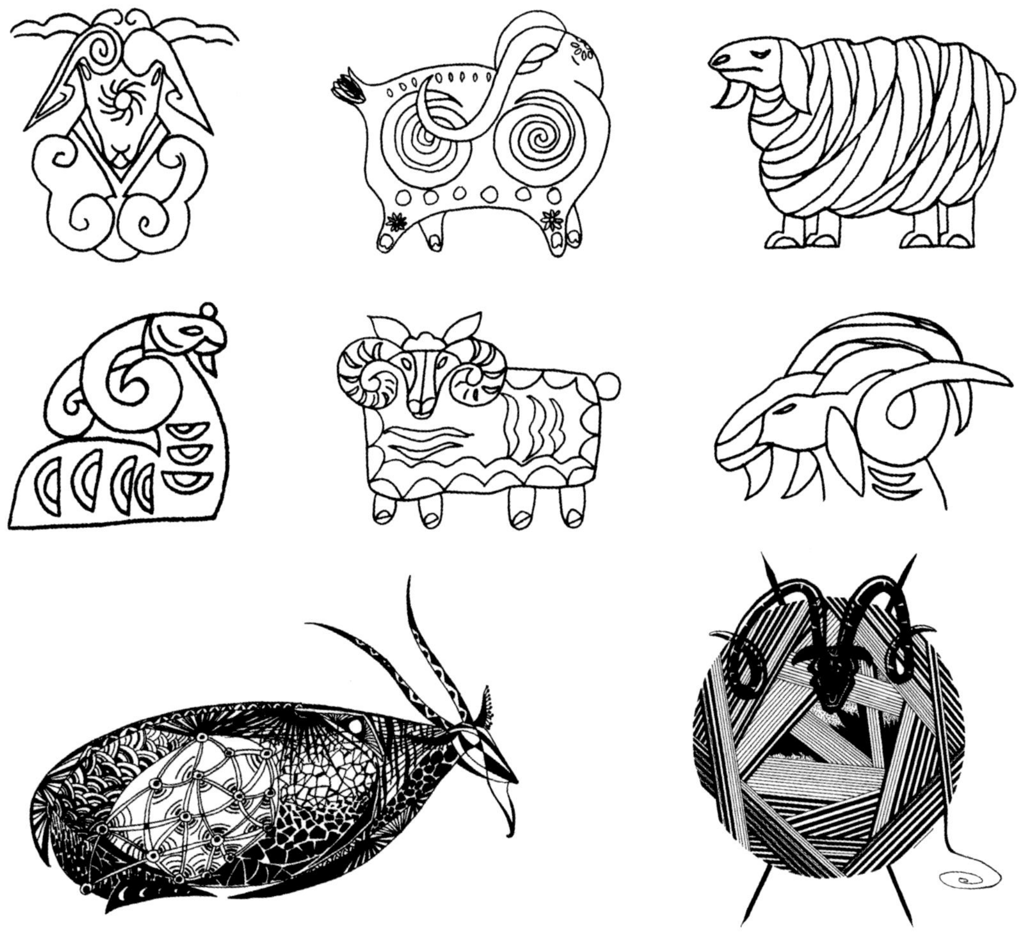

单独纹样

单独纹样

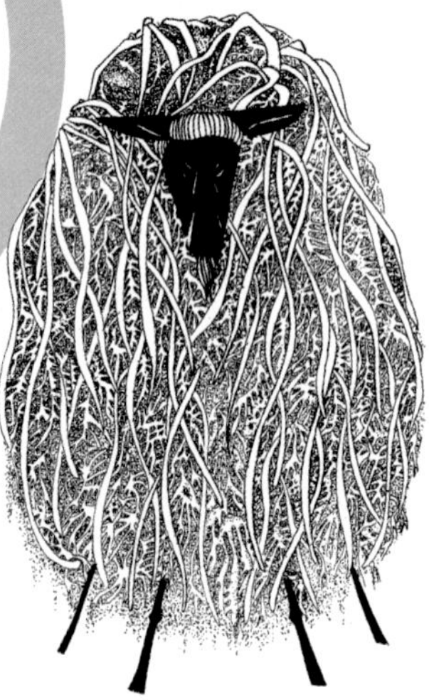
单独纹样

单独纹样

二方连续

适合纹样

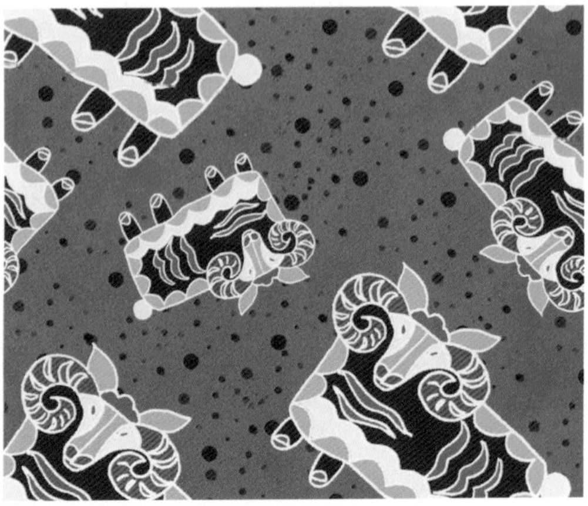
四方连续

例图七：猴子

造型特征提示：猴子被戏称为人类的祖先，主要是因它的许多习性、动态和人类极为相似，生动而幽默。猴子喜于群居，动作敏捷，许多动态入画效果极佳。其主要形体特点表现在其头部及手足。全身毛发也很多。其头部眼睛深陷、嘴鼻突出，手足掌部整体偏长，拇指靠后且短，其余四指靠前略长。掌握好这些基本特征后，最关键的是在动态的选择上，动态造型设计得好，加上细部特征的刻画，猴子的图案造型会更加生动而有趣。

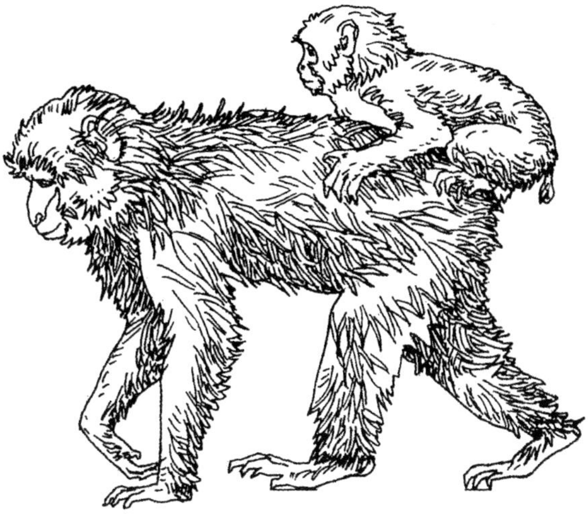

线描写生

单元图形的变形设计

单元图形的各种形式组合设计

单独纹样

单独纹样

单独纹样

二方连续

适合纹样

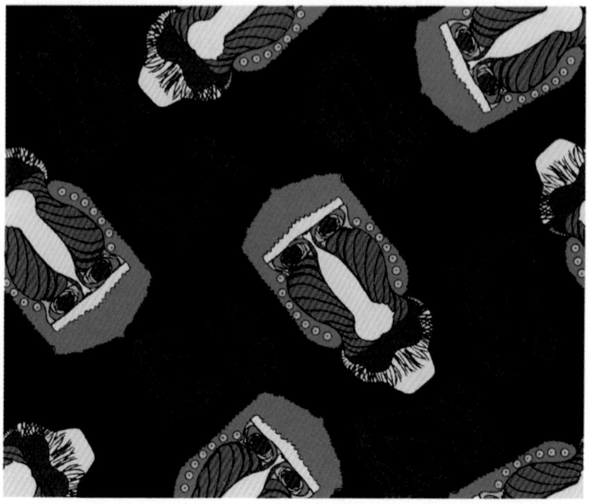
四方连续

例图八：鹿

造型特征提示：鹿也是人类非常喜爱的动物之一，鹿的性格温和，以草食为生。鹿的造型特点表现为身体轻巧，腿细长，身上有梅花斑纹样，奔跑起来速度极快，年长的茸鹿能长出一双造型极佳的特角，为进行图案设计提供了极好的形象素材，所以，要想把鹿画好，只要把它的角及花纹表现出来就行了。另外，应多观察鹿的动态，以备设计时选择。奔跑状态下的鹿形态较为生动，特征明显。

线描写生

单元图形的变形设计

单元图形的各种形式组合设计

二方连续

适合纹样

四方连续

例图九：熊猫

造型特征提示：熊猫是中国的“国宝”，因为目前世界上仅存于中国的西部地区。熊猫形态憨厚可掬，性情温和，动作缓慢，以箭竹为主要食物。熊猫的基本形体表现为形体浑圆，身上的绒毛分有黑白两色，黑色分布于眼睛、四肢及肩胛部，而白色则多在头部及腹背部等，甚为朴素。熊猫的动态多为行走、坐、立等姿势。设计时，应考虑多夸张其动态的特征，使之更加充满谐趣的格调。

线描写生

**单元图形的变形设计**

**单元图形的各种形式组合设计**

二方连续

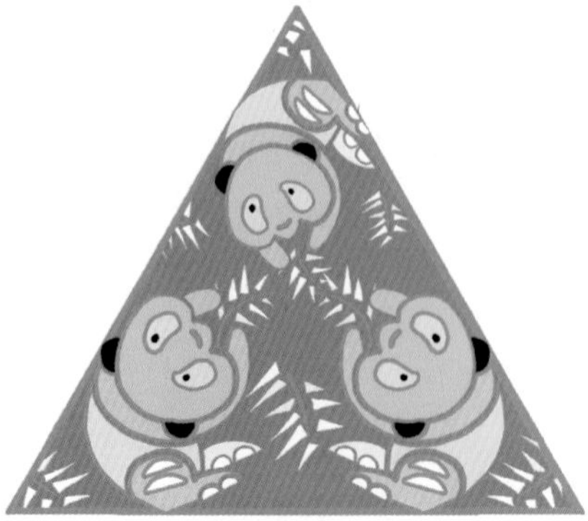

适合纹样

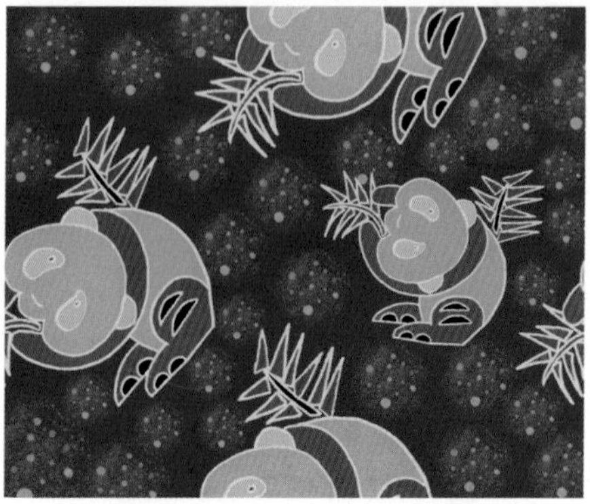

四方连续

例图十：兔子

造型特征提示：“龟兔赛跑”的故事家喻户晓，兔子给人们的印象应该是善良、温和的性格，从艺术设计的角度来说，兔子确实是极好的造型题材。兔子的基本形体特征是大而长的双耳，灵巧的头部形象，大眼睛，嘴边有几根长长的须子，奔跑时矫健的四肢，动作敏捷迅速，特别是其后肢，极为发达，为其奔跑时的发力奠定了体质基础。设计过程中在注意以上特点的同时，还应仔细观察和灵活运用兔子的各种习惯动态来进行夸张表现，以求使兔子的造型能够形神兼备，生动感人。

线描写生

单元图形的变形设计

单元图形的各种形式组合设计

单独纹样

单独纹样

单独纹样

二方连续

适合纹样

四方连续

各种动物黑白图案

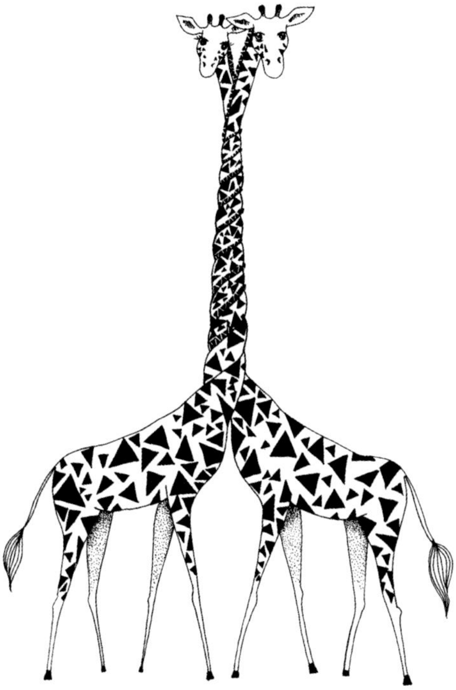

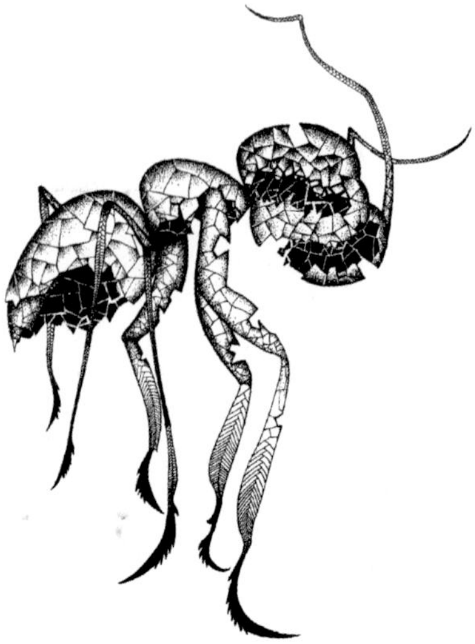

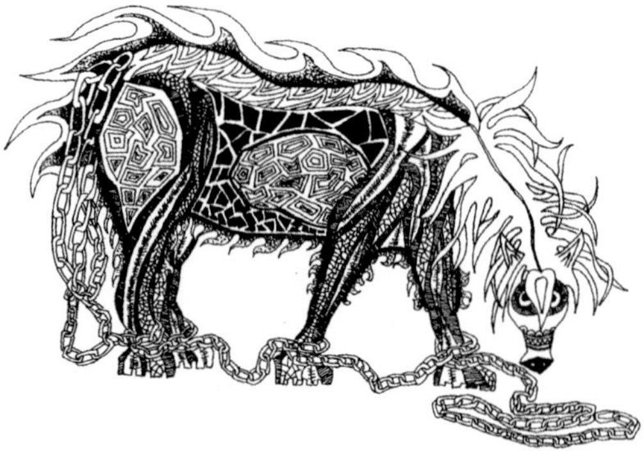

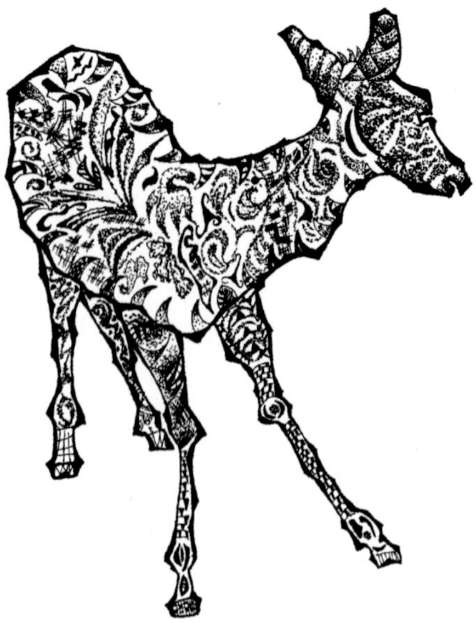

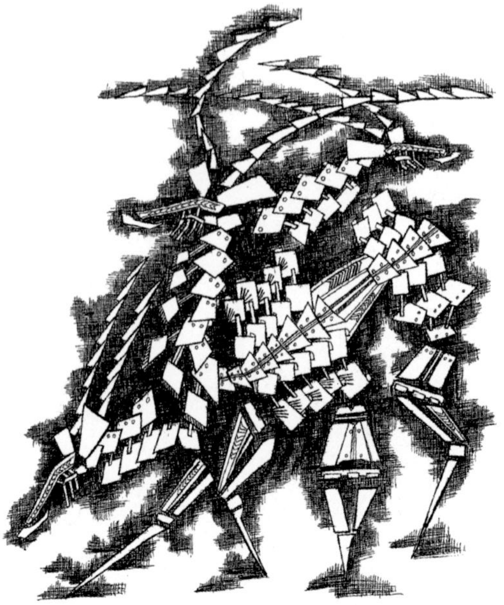

## 四、植物图案设计造型图例

讲到植物，不由得会让我们想到原始森林中那些千奇百怪的世界，西双版纳的神秘、丰富的亚热带植物，亚马逊河流域莽莽苍苍的原始森林，以及非洲原野的古怪植物。例如，“森林杀手”的高山榕树，依附乔木主干，甚至把树缠死的藤，能扑捉昆虫的植物——猪笼草，以及一触及就含羞合拢如少女般害羞的含羞草，都具备了动物的一些特性。再如杨柳的纤柔，仙人掌的厚重和力度感，剑麻的刚健向上的美感，芦苇的悠悠随风感，一品红的刚柔相济等，就像人的性情一般，有怜香惜玉之情，小鸟依人之感，厚重老实的性格，刚健敏捷的力度美等。当我们听到这些，都能引发我们无尽的遐想，它给我们神秘和好奇的向往。在植物的世界中我们要伸出我们灵敏的触角，感觉它的特异性，或刚或柔，或粗或细，或繁或简，或长或短等，抓住其精神，画出其魂魄，才能进入装饰之道。

例图一：菠萝

造型特征提示：热带、亚热带多年生常绿草本，叶剑状，密生，螺旋状排列，边缘有刺或无刺，花序顶生，花无柄，紫红色，果实状似松球，椭圆形，复果肉质，顶有冠芽，原绿色，成熟后转橙色或橙红色，植物有向上感。

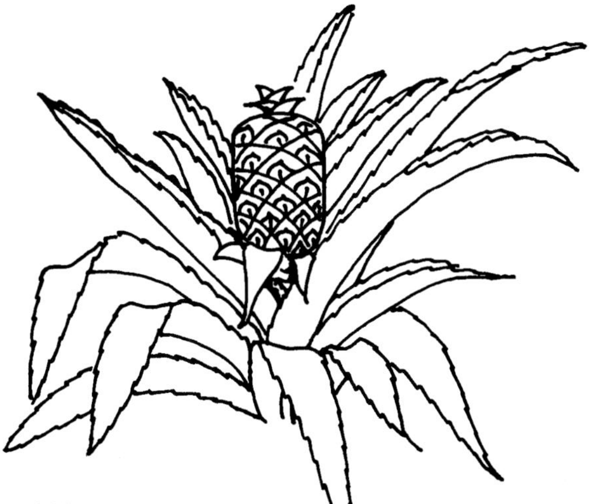

线描写生

叶子变形设计

果实变形设计

叶子与果实组合变形设计

二方连续

适合纹样

适合纹样

四方连续

四方连续

例图二：杨柳

造型特征提示：落叶乔木，枝条柔韧、细而修长，叶狭长为互生，叶脉为对生，花单性且雌雄异株，有环状花盘，有两枚两裂的柱头，种子有毛，柳枝有一种柔美感。

线描写生

叶子变形设计

叶子与花头组合变形设计

单元图形的各种形式组合设计

二方连续

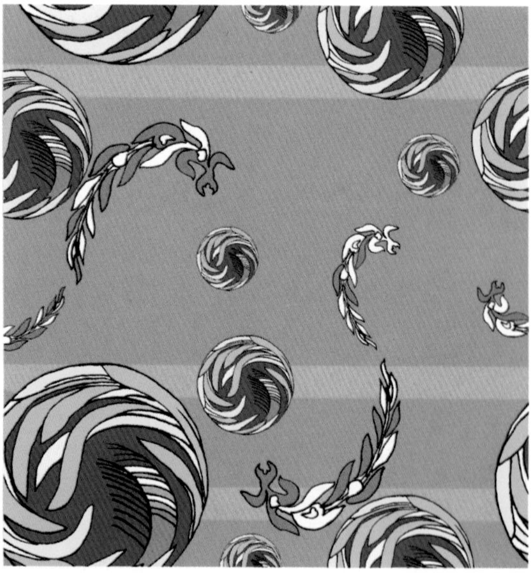

四方连续

适合纹样

例图三：芒秆

造型特征提示：多年生草本植物，秆直立、纤细，叶片线状细长形、边缘有锯齿，其花为扁形圆锥花序，小花外稃顶端和背部，由中脉延伸而成，植物有种优美感。

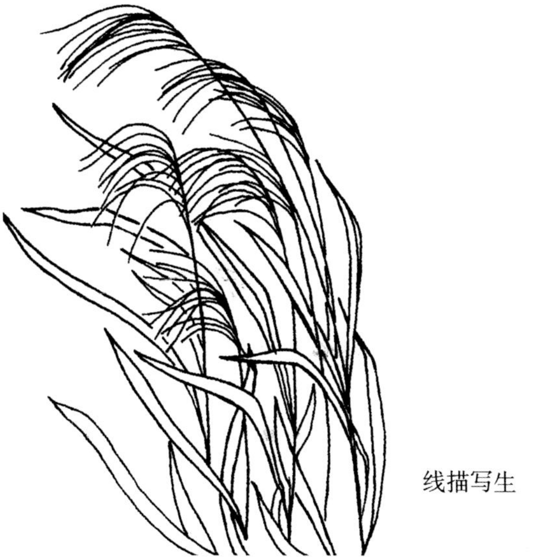

线描写生

**叶子变形设计**

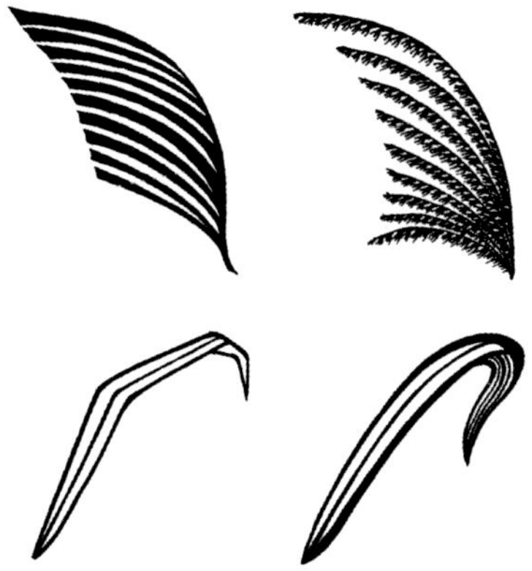

**叶子与花组合变形设计**

**单元图形的各种形式组合设计**

二方连续

适合纹样

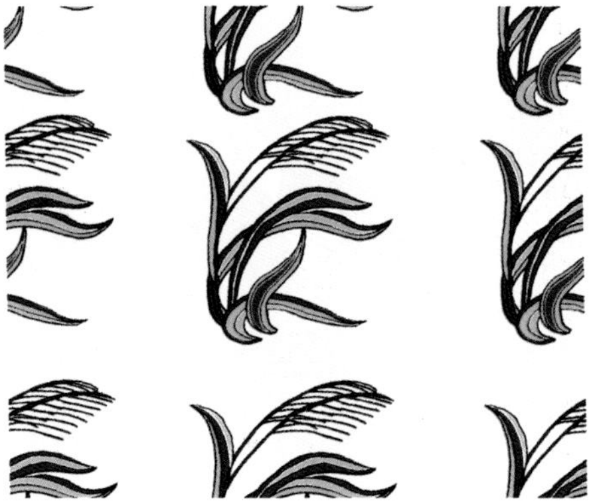

四方连续

例图四：葡萄

造型特征提示：双子叶植物，卷须攀缘上升生长。叶为掌状，互生结构，三至五缺裂。花小为复总状花序，常与叶对生，果实为紫红色、淡绿色，其形为球状或椭圆状，辐射对称生长，成圆锥状串生，植物圆润而完美。

线描写生

叶子变形设计

叶子与果实组合变形设计

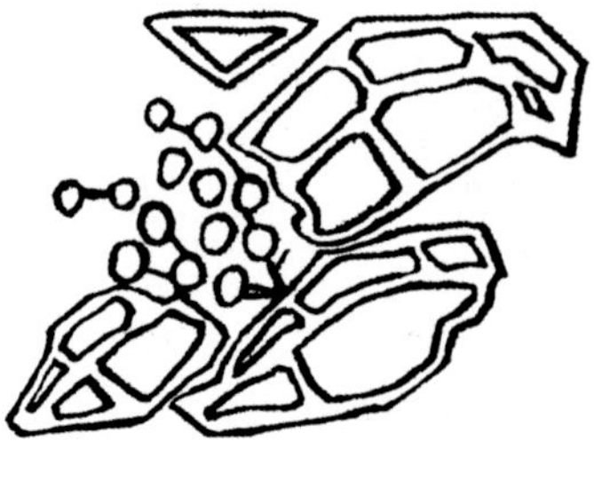

## 单元图形的各种形式组合设计

二方连续

二方连续

二方连续

二方连续

适合纹样

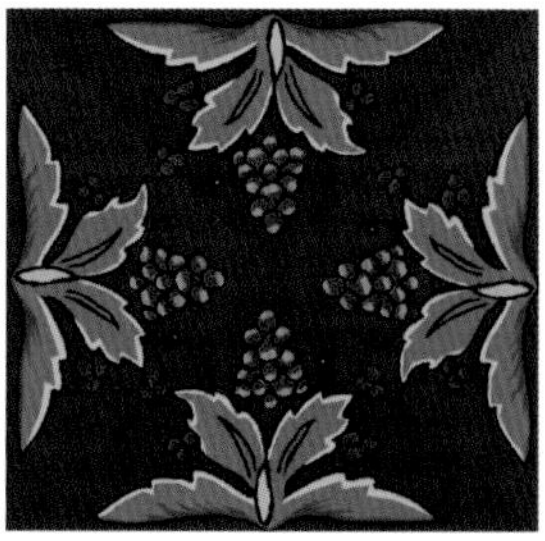

适合纹样

适合纹样

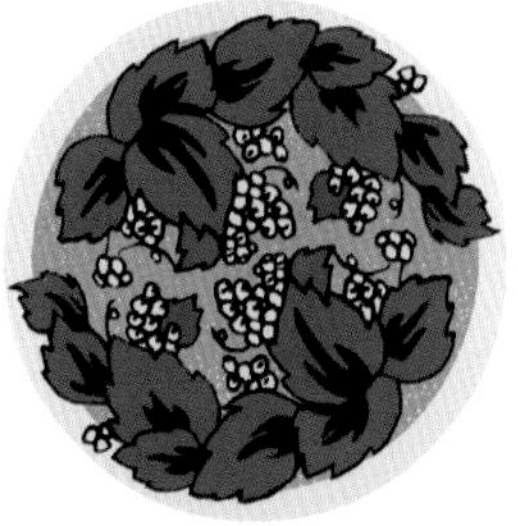

适合纹样

四方连续

四方连续

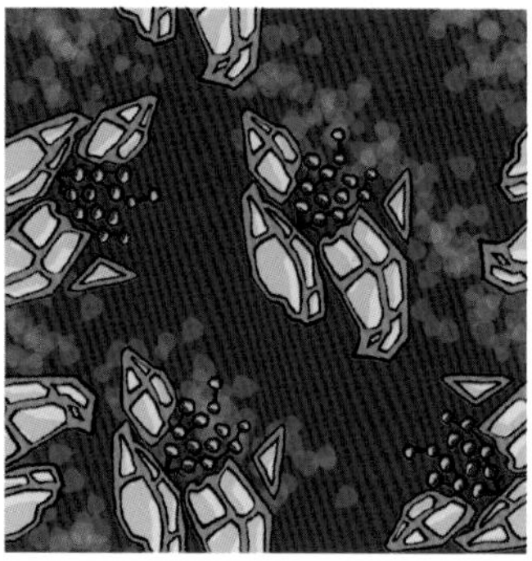

四方连续

例图五：蘑菇

造型特征提示：伞菌科，长于湿润且空气良好的环境中。小时菌盖为小圆球形，渐长开成伞状，肉质肥厚，白色，老熟时淡黄色或咖啡色，菌褶幼小淡褐色，菌柄上有菌环，整株具有敦实、厚重感。

线描写生

单元图形的变形设计

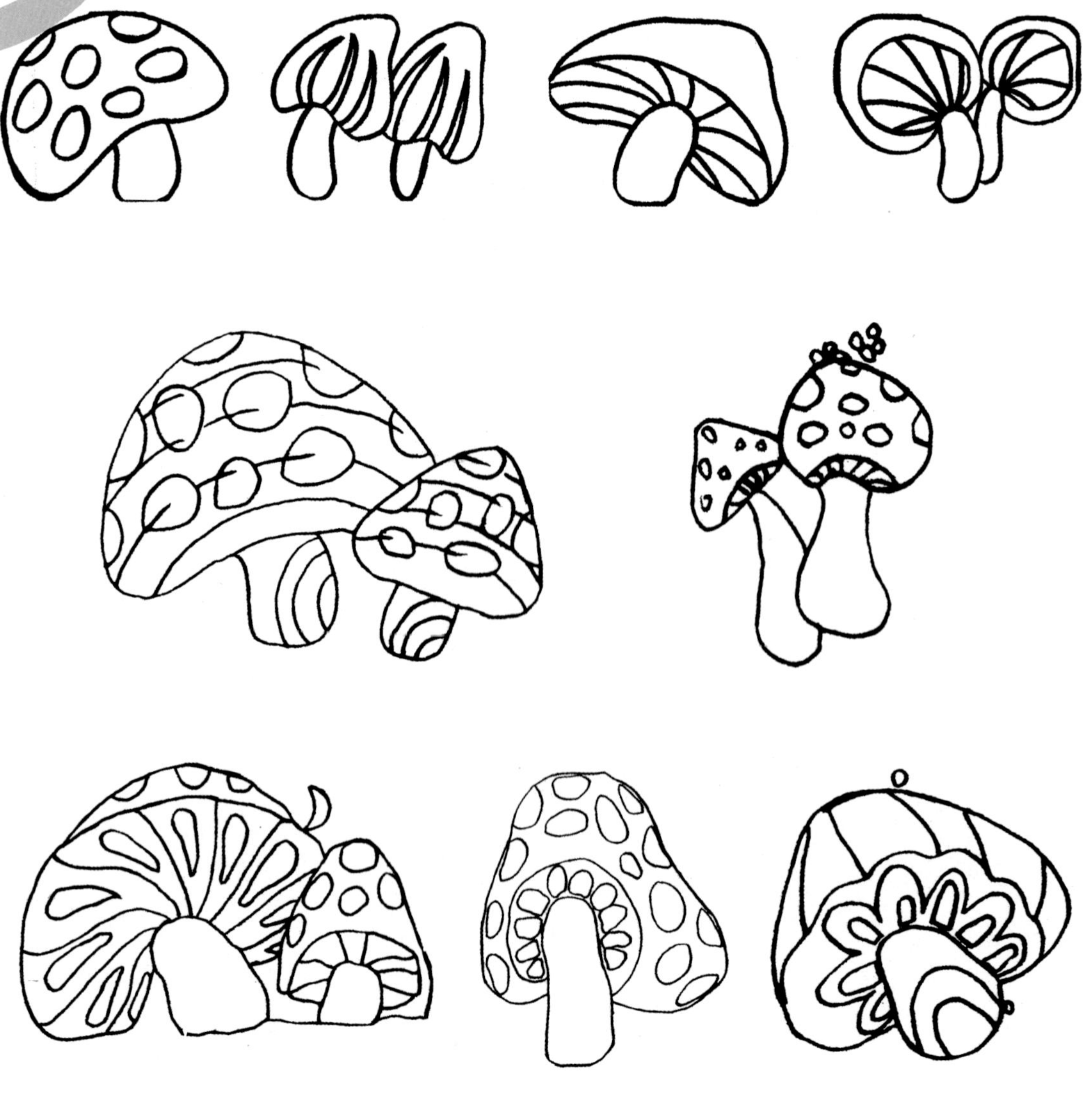

**单元图形的各种形式组合设计**

二方连续

二方连续

适合纹样

适合纹样

四方连续

四方连续

例图六：冬瓜

造型特征提示：葫芦科，整株体上有茸毛。叶稍圆，掌状，茎为藤节状，花为黄色；果长圆形或扁圆形，大小因品种而异，皮绿色，被有白色蜡粉。其藤蔓生长有韵律，果实具有厚重感。

线描写生

叶子变形设计

叶子与果实组合变形设计

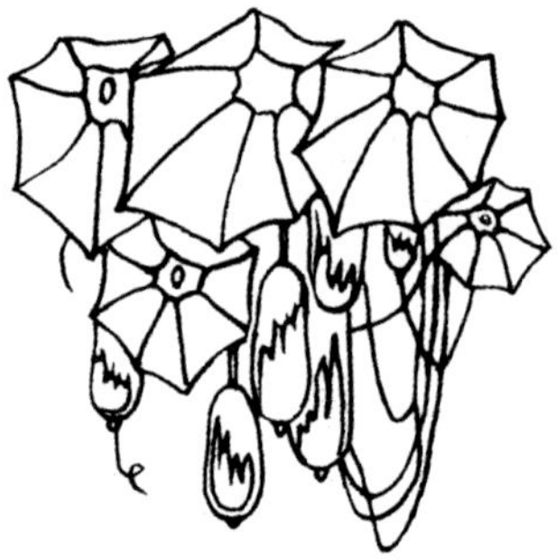

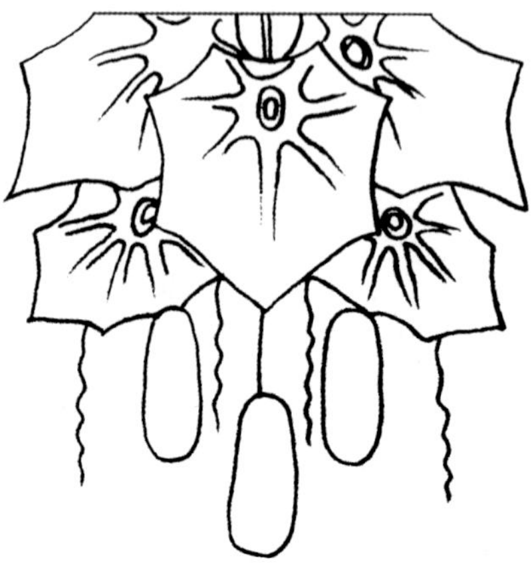

单元图形的各种形式组合设计

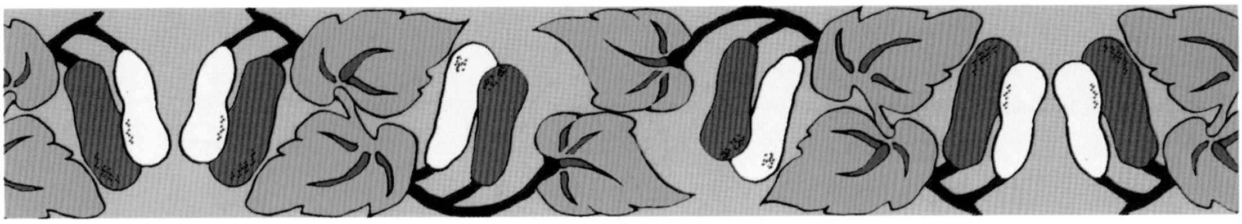

二方连续

适合纹样

适合纹样

四方连续

四方连续

例图七：仙人掌

造型特征提示：灌丛状肉质植物。节片扁平，厚实，绿色。形状为卵形或椭圆形，似手掌形状，节片上有黄褐色或暗褐色利刺。整株植物有厚重、刚健美，花小为黄色、红色、紫色等，多瓣，花瓣基部带红色，果实肉质，为紫色。

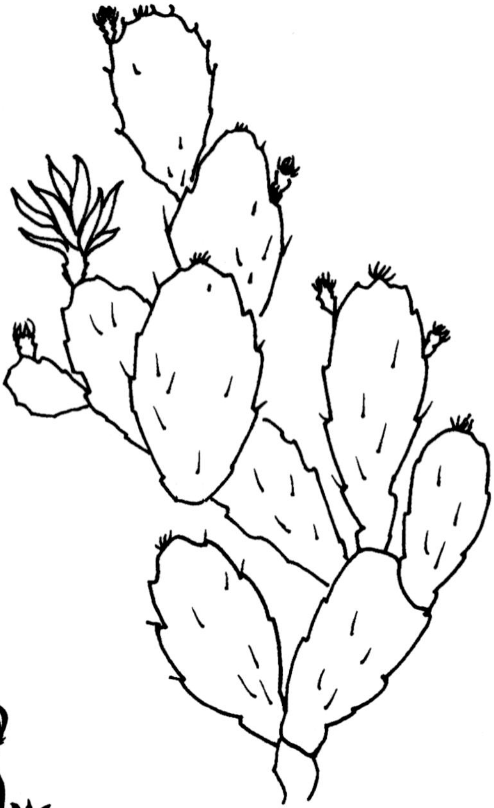

线描写生

**单元图形的变形设计**

单元图形的各种形式组合设计

二方连续

适合纹样

四方连续

例图八：棕榈叶

造型特征提示：棕榈属常绿植物。成树高大，其花丛成串为黄色，成熟果为紫红色、复伞状叶序，叶为三角形或伞状，叶脉为放射状，叶外缘为锯齿形，叶有一定的弹性，有力度美。

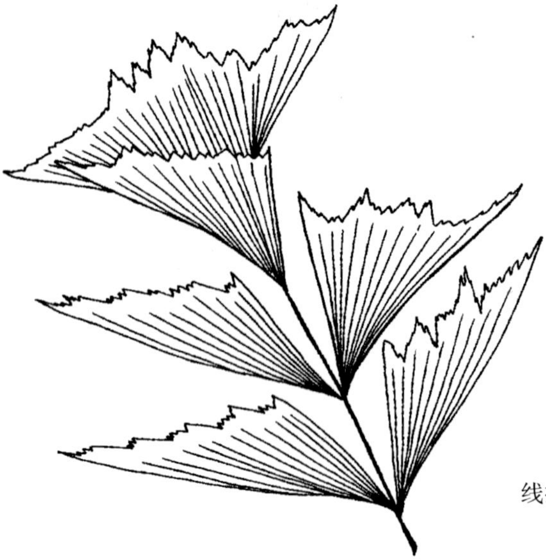

线描写生

叶子变形设计

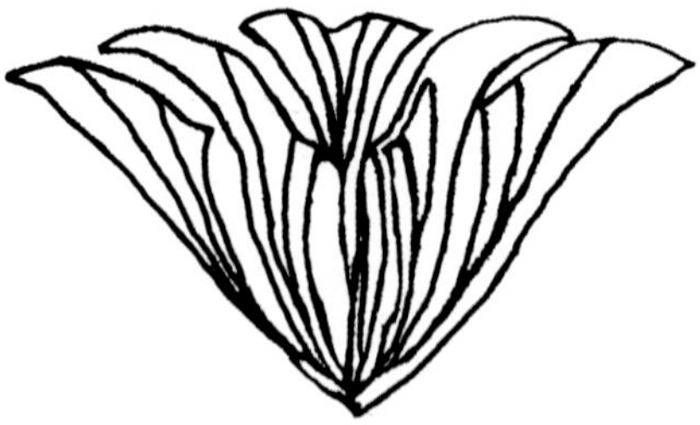

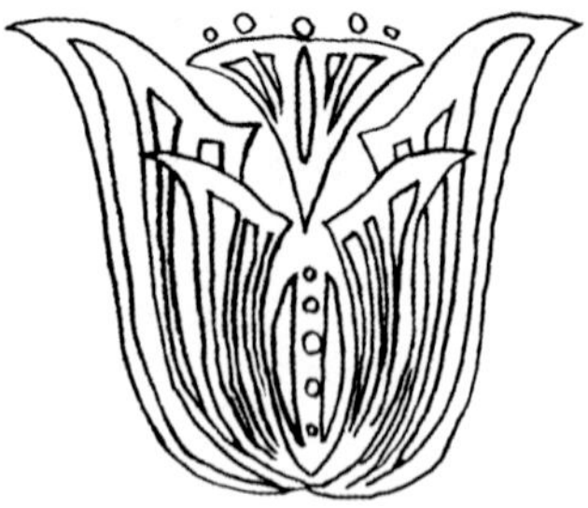

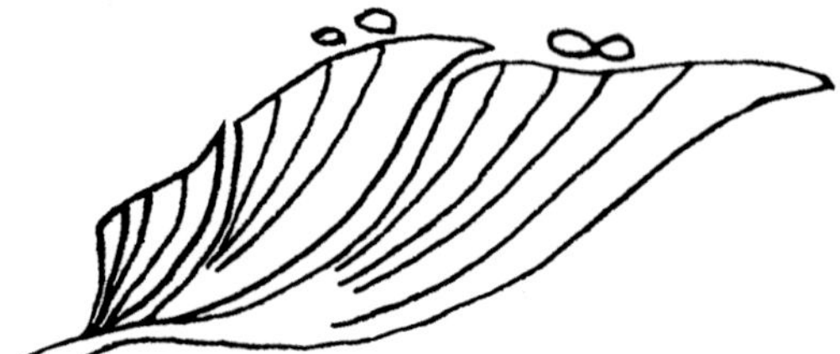

单元图形的各种形式组合设计

二方连续

二方连续

适合纹样

适合纹样

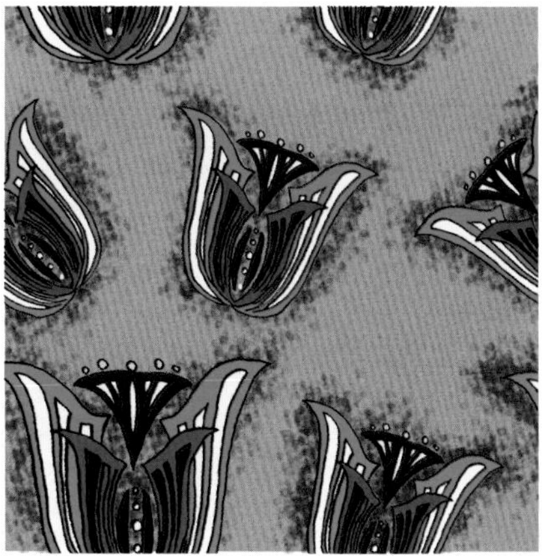

四方连续

四方连续

例图九：枇杷

枇杷造型特征提示：常绿小乔木，叶椭圆形或尖刀形，边缘有锯齿，叶脉平行，厚实纤维质丰富，其花序为圆锥形，花冠淡黄或白色，果实饱满，多为橙黄色或淡黄色，形状多为球状或椭圆状，给人以刚而有力度之美。

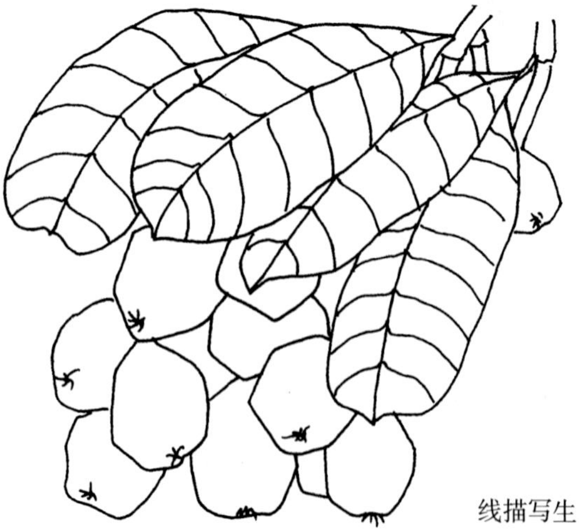

线描写生

**叶子变形设计**

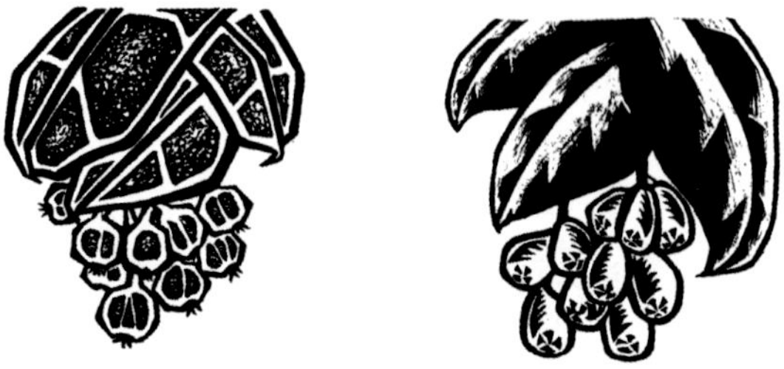

**叶子与果实组合变形设计**

**单元图形的各种形式组合设计**

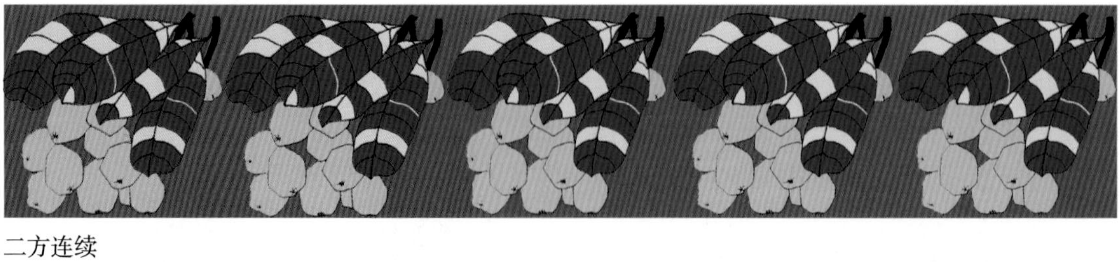

二方连续

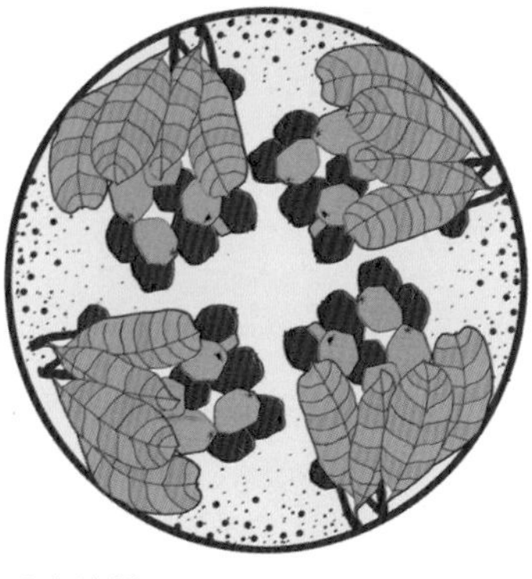

适合纹样

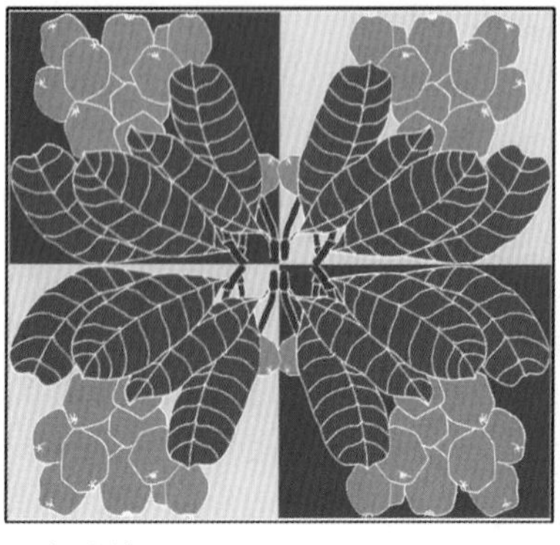

四方连续

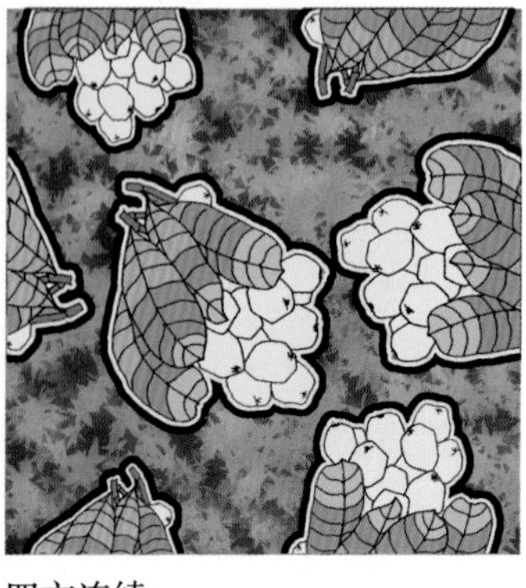

四方连续

例图十：松柏

造型特征提示：常绿乔木，树呈圆锥形，枝为互生。叶枝细小、扁平、鳞形，端尖锐。果为球形，成熟时开裂。整株树有向上挺拔感。

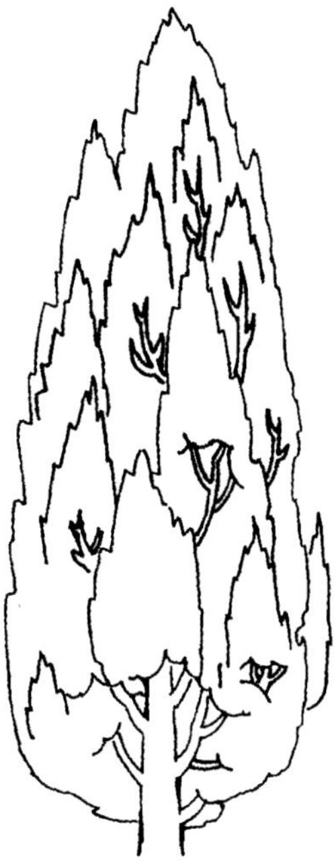

线描写生

**单元图形的变形设计**

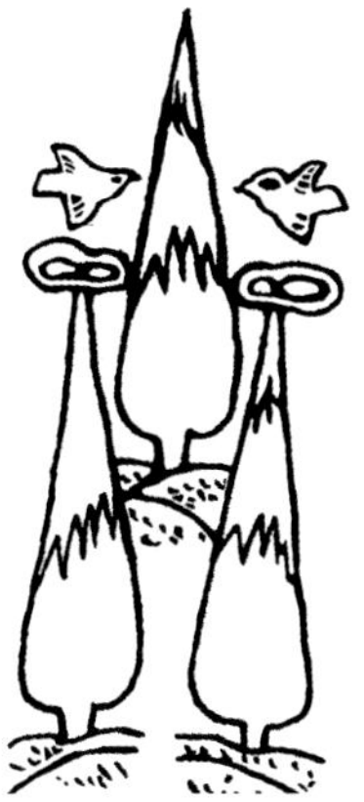

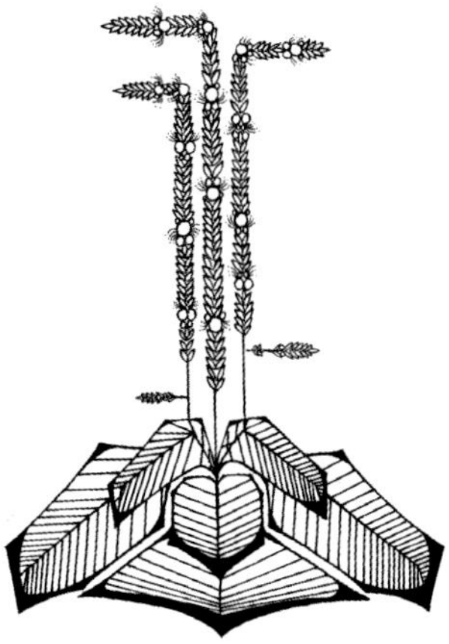

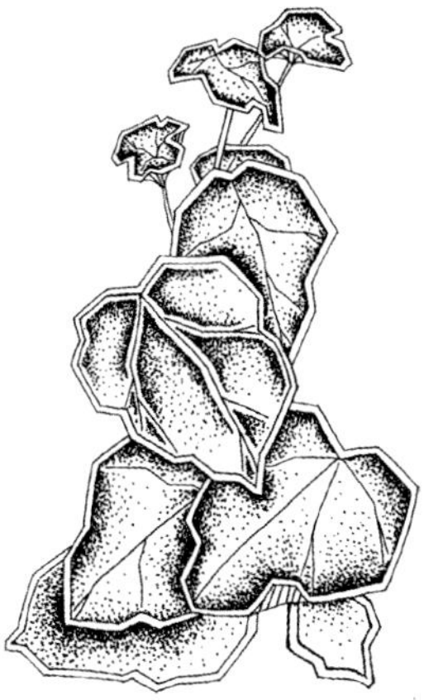

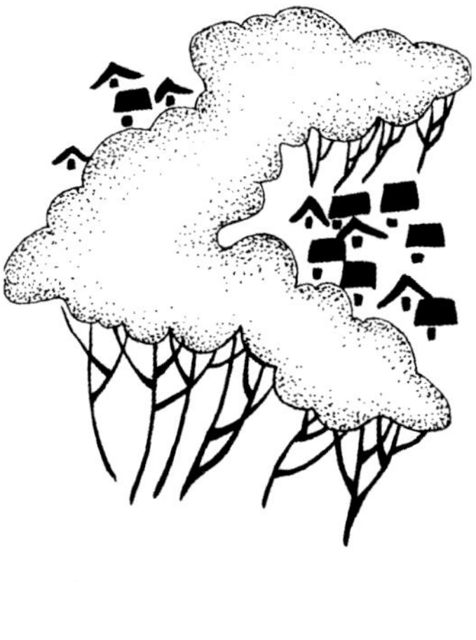

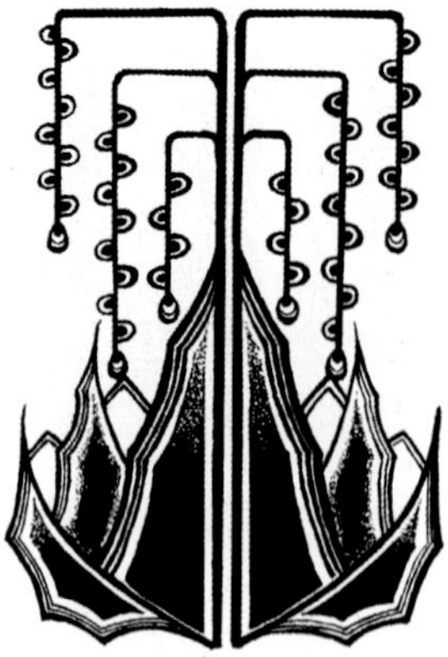

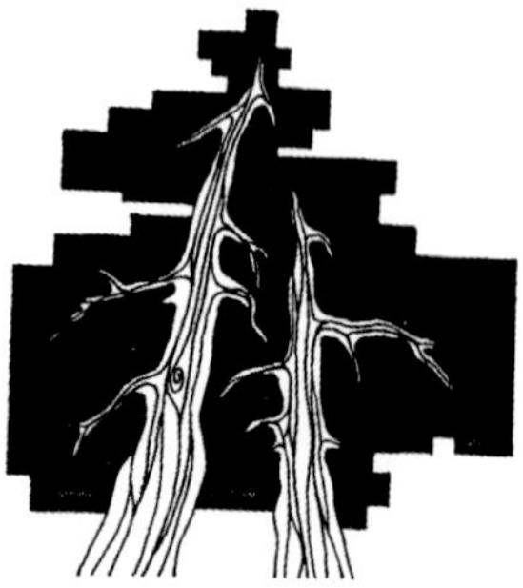

## 五、风景图案设计造型图例

神奇的自然世界是由各种各样的景物所构成的，有生命与无生命的相互交织，演绎了缤纷多姿的世间美景，无数的艺术家从这永恒但又神秘的世界中获取了他们创作所需的感知与灵性，高山与大海、河流与森林，无不展示了自然界的和谐与深邃。当我们云游四海与饱览群山的壮观与美丽之后，迸发出的岂不是无尽的遐思与创作的冲动？我们可以从许多优秀的艺术作品中看到艺术家们在作品中融入的思想与精神。作为现代图案设计的内容之一，风景图案也形成了自己的装饰风格与文化。人们往往希望以此来抒发自身内心对自然世界的观点与审美意识。

风景写生的内容应该是包罗万象的，但主要仍应以山川、河流、树木、海洋、天空及各种建筑景观等为主。每一种景物都有其独特的造型风格。写生时一定要仔细观察并取好角度与构图，为求景物的前后、上下层次分明，可合理地增加与穿插其他景物，以丰富画面的内容与情趣，如在一般的景物中适当增加一定的动物、人物、植物等，效果是非常好的，也是很有必要的。在写生时，也不一定要百分百地照搬原物，可适当地根据构图的需要进行一定的概括与省略，也是为日后的变化造型留出一定的空间。在每一幅作品中，描绘时需要突出主体，深入刻画，其他搭配的景物可适当概括地进行，仍以突出主体景物为主。在风景图案中，建筑物的造型占了相当大的比例，所以建筑物的建筑风格尤为关键，应选择有个性特征的民居、桥梁、城堡、殿堂、亭台楼阁等特殊景点来进行写生与收集。

风景图案的造型变化特别强调意境的表现，因为大多数的设计是由多种景物所相互穿插和组合的，景物之间除了单个造型应巧妙地进行夸张变化外，还应注意其他景物造型的谐调性。在造型设计中，无论是山川、河流、大海或是各种建筑物，设计者都应充分发挥想象力，尽可能地利用联想、寓意、创意等思维方式将图形设计得具有明显的个性化、风格化。在表现方面，点线面的排列组合、黑白灰的色调处理，以及各种技法的巧妙运用都不失为达到最佳表现效果的良策。在大多数的景物中，虽博大浩然，但造型却显单调，如许多的房屋建筑，其实外形变化不多，只有墙面及窗门等变化，如不经过一定的变化与夸张，要达到一定的艺术效果是不可能的，所以在类似题材的变化中一般都会对其屋顶、墙面、门窗等进行各种寓意化的装饰和表现，使其更耐看，更具视觉冲击力。

例图一：长城

造型特征提示：长城是飞腾在我国北方崇山峻岭中的巨龙，由于地形复杂险峻，长城以不变的箭垛、城楼适应于多变的山形地势，显示着千姿百态的面貌。画长城图案要着力于表现飞腾的动感和雄伟的气势。在构图处理上宜起伏跌宕，不宜平板呆滞，色彩处理上宜浓烈明亮，不宜平淡灰暗。

线描写生

单元图形的变形设计

单元图形的各种形式组合设计

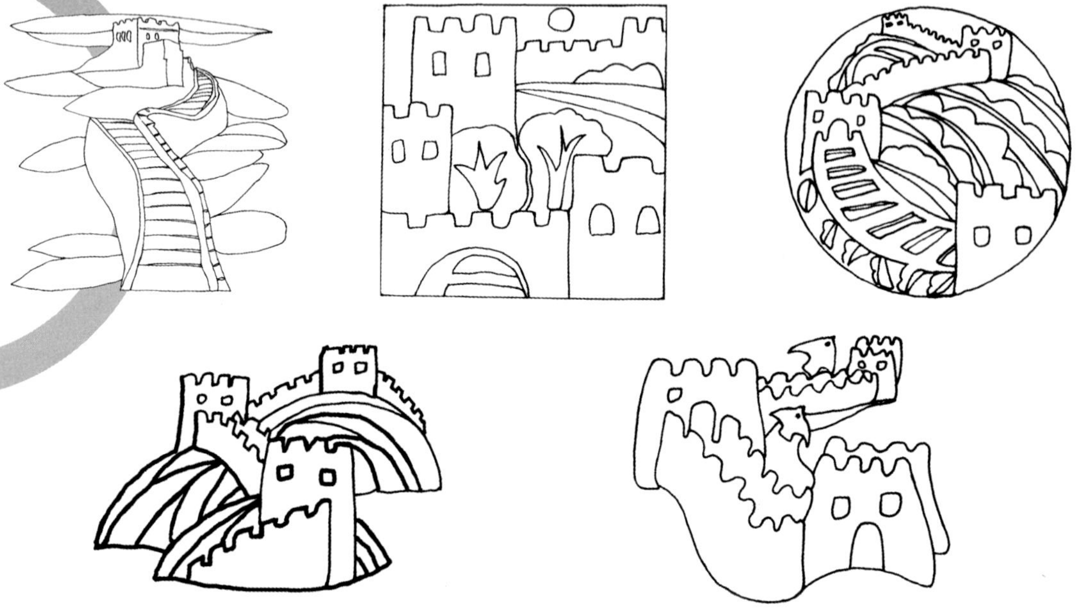

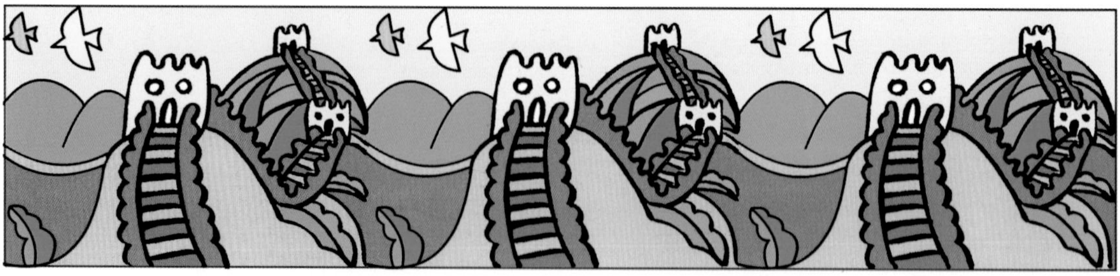

二方连续

适合纹样

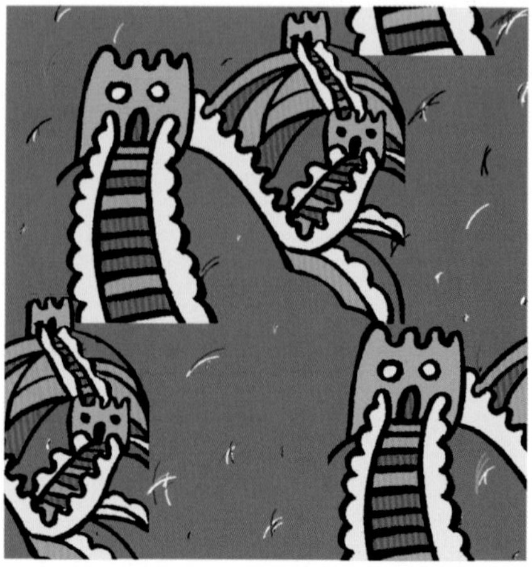

四方连续

例图二：水乡

造型特征提示：水乡充满诗情，如雨如雾；水乡充满画意，如梦如醉。水乡景物很多，有小桥、流水、人家；有扁舟、杨柳、荷花。水乡的图案设计抓住这些特点，加以扩展和发挥，构图取平静优雅，色彩注重协调柔和，才能表达水乡的感觉。

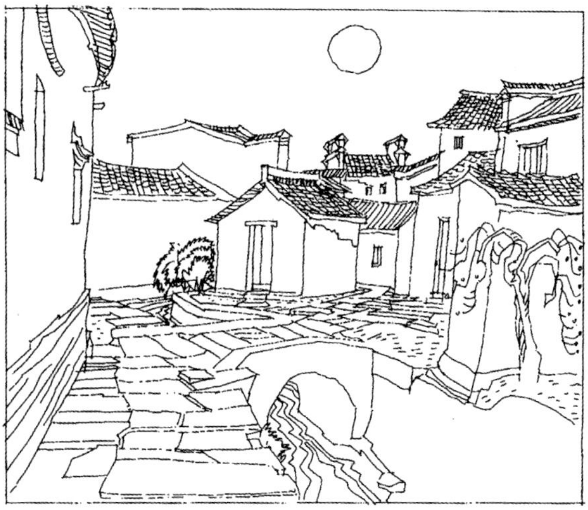

线描写生

单元图形的变形设计

单元图形的各种形式组合设计

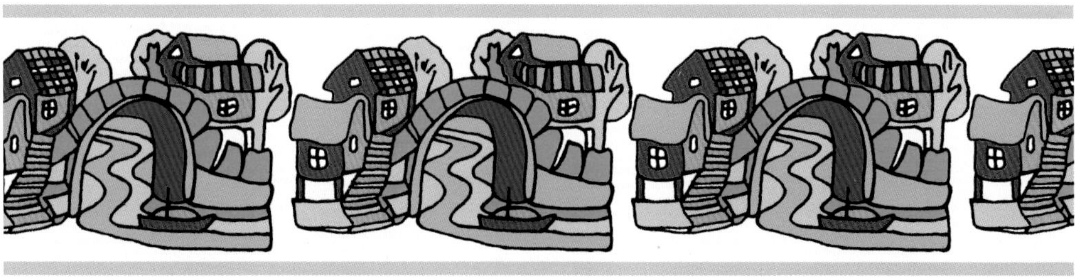

二方连续

适合纹样

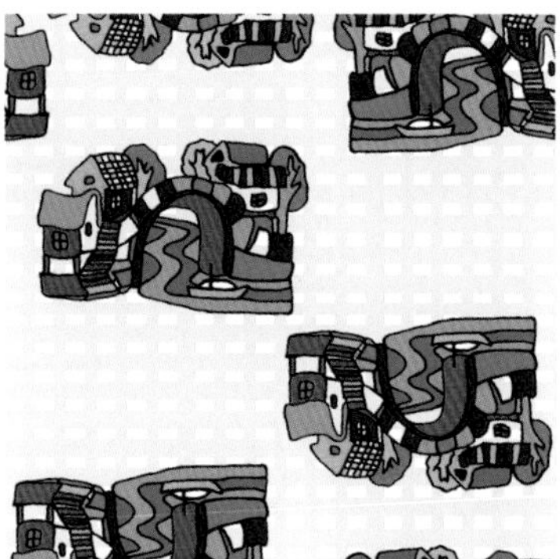

四方连续

例图三：民居

造型特征提示：民居的形态是多种多样的，用写生的方式把它描绘下来后，可以从如下几个方面进行图案设计：用一个民居图形按不同季节采用不同色调来加以概括变化，而产生同一景物的不同效果；亦可以用同一个民居图形，按不同的角度采用相同的手法进行图案化的处理，并加以环境及人物的衬托产生出新的图形形式。以上说的一图多法、多图一法以及多图多法都可以产生无穷的图案式样。

线描写生

**单元图形的变形设计**

**单元图形的各种形式组合设计**

二方连续

二方连续

二方连续

适合纹样

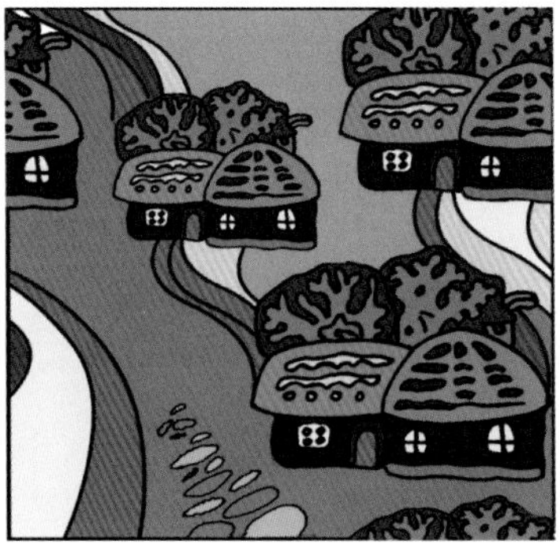
四方连续

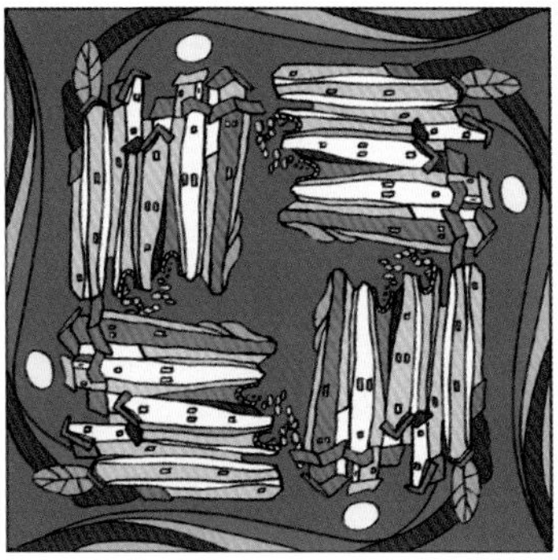
适合纹样

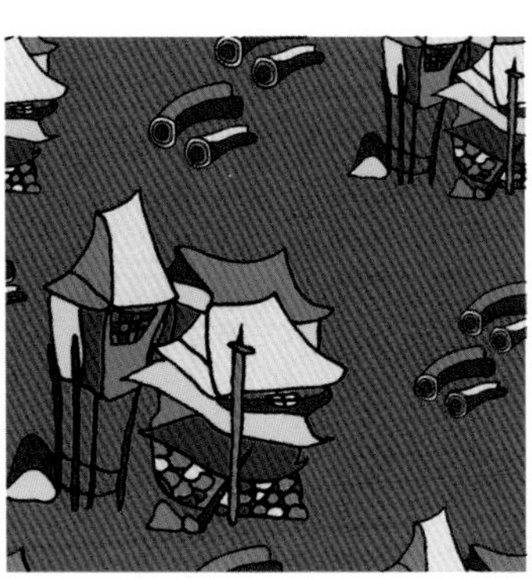
四方连续

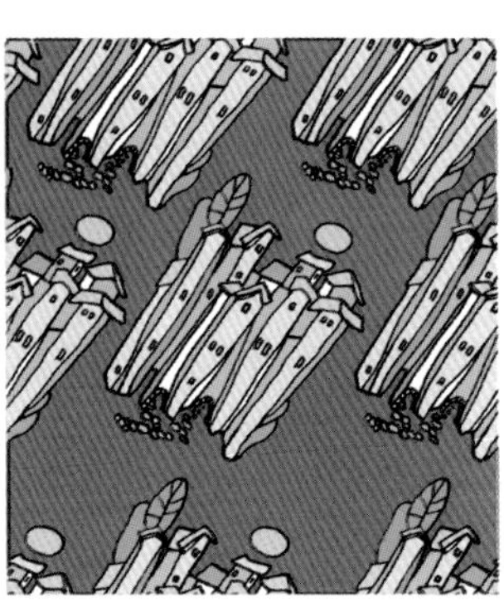
四方连续

例图四：牌坊

造型特征提示：牌坊是中国建筑的一种特别的造型形式，在西方很难找到与之相仿的造型物，因而是极具东方色彩的。在我国的很多地方，牌坊起着各种作用，有作为寺庙、山门使用的，有作为村口、城关点景的，由于有其相对的独立性和鲜明的造型特点，很适宜入画。画图案时应注意三点：一是牌坊的外部轮廓变化，二是牌坊的内部结构组织，三是牌坊与环境的联系。

线描写生

单元图形的变形设计

单元图形的各种形式组合设计

二方连续

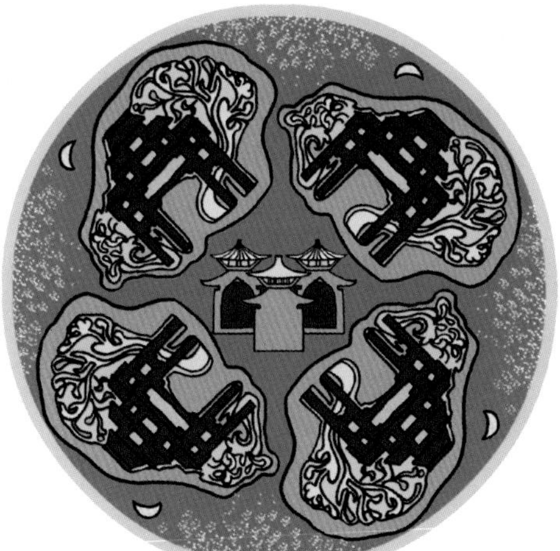

适合纹样

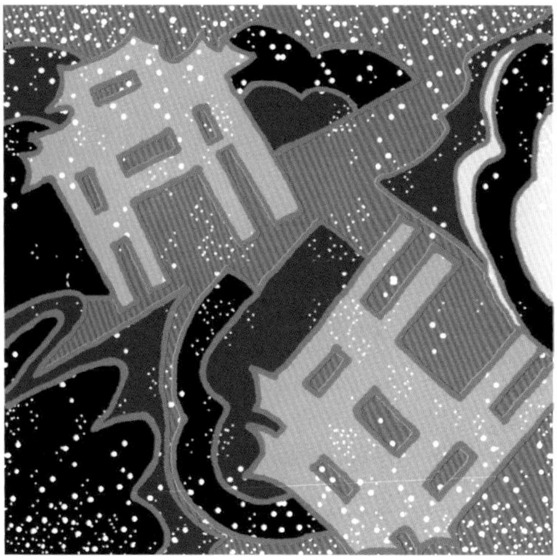

四方连续

例图五：象鼻山

造型特征提示："桂林山水甲天下"，而象鼻山是桂林山水的象征，它表现了山青、水秀、洞奇、石美的四大特点，亦表现了自然美和人工美的巧妙组合。山顶的佛塔，江中的渔舟，远山的倩影，岸上的竹丛共同构成一幅美轮美奂的天然图画。画象鼻山图案关键是表现象鼻山浑朴的外形、天然的石洞和象鼻，另外山顶的舍利塔也很重要，是点睛的一笔。山水之美是由多种因素组成的，象鼻山在春、夏、秋、冬各有不同的面貌，在朝、午、夕、夜也有不同的景色，在设计图案时应加以考虑。

线描写生

**单元图形的变形设计**

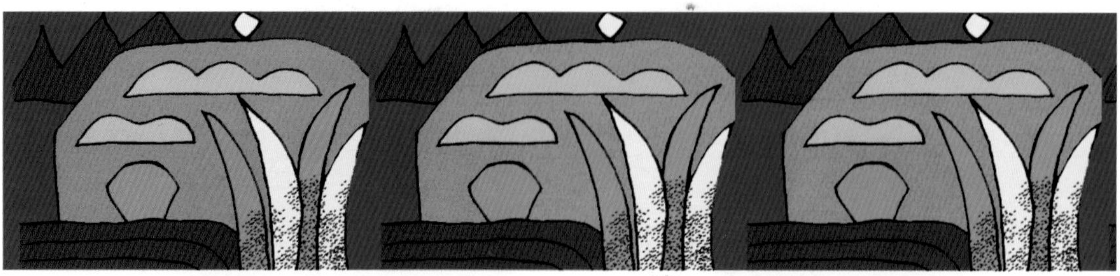
二方连续

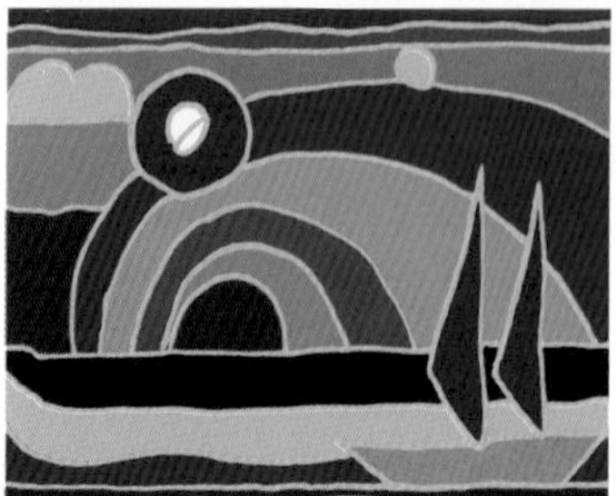
适合纹样

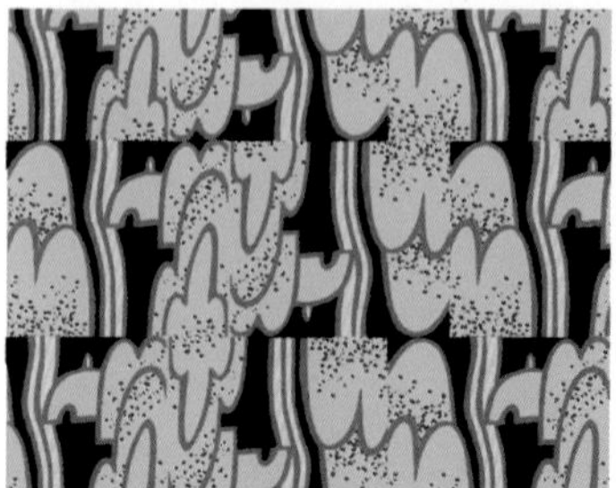
四方连续

例图六：古堡

造型特征提示：古堡为西方的一个防御工事，古堡常扼守着一些重要的山口要地，兼有瞭望的作用，因此高峻挺拔是古堡的特征。古堡有方形的、圆形的、好几种形体组合的，有盖顶的，亦有露头的。要利用它本身的特征进行设计。古堡一般都用硬质的材料筑构，如石块、砖头、生土等，强调它的坚固、结实，表现它的质地、肌理是一个重要的方面。

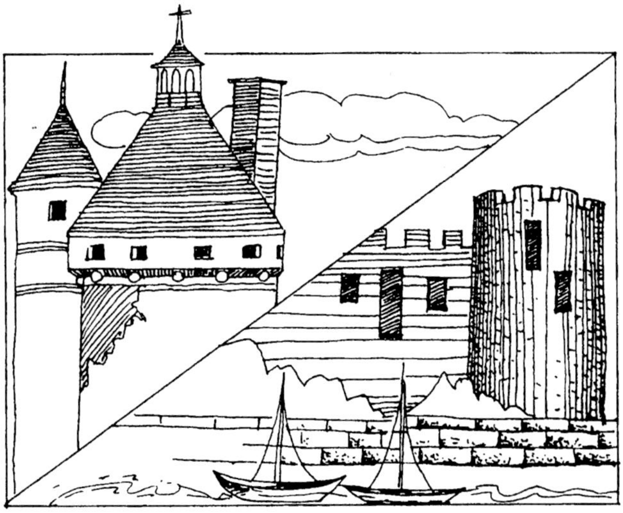
线描写生

**单元图形的变形设计**

**单元图形的各种形式组合设计**

二方连续

适合纹样

四方连续

例图七：庙宇

造型特征提示：庙宇造型形式很多，光是屋顶就有十几种。由于是神圣的地方，常常建在名山大川上。设计庙宇的图案，要充分发挥想象力，有时要加上云、雾、雨、雪的自然景物的衬托和日、月、星光的渲染才能取得好的效果。另外还要注意观察和表现庙宇的群体关系，如重重叠叠的景象，仰望和俯视的不同面貌。

线描写生

**单元图形的变形设计**

**单元图形的各种形式组合设计**

二方连续

适合纹样

四方连续

例图八：塔

造型特征提示：塔亦称浮屠，原来是一种佛教建筑样式，传入中国后经过上千年的变化，从祭祀、镇妖，逐渐发展成一种名山点景、城市标志性的建筑形式，在我国的许多城镇均有塔。杭州六和塔、苏州虎丘塔、广州六榕塔、上海龙华塔、应县木塔、北京白塔等，造型各异，百态千姿，这给我们设计图案提供了素材。塔由塔座、塔身、塔顶三部分组成，设计塔的图案应抓住这三部分的不同特征，如以北京白塔为例，尖顶、胖身、方座，显得敦厚祥和；杭州六和塔，上小下大，层层收分，显得庄严古朴。只有掌握了这些特征，配合塔所在的环境、时间、空间的变化，才能运用设计的原理，将其变成美丽的图案。

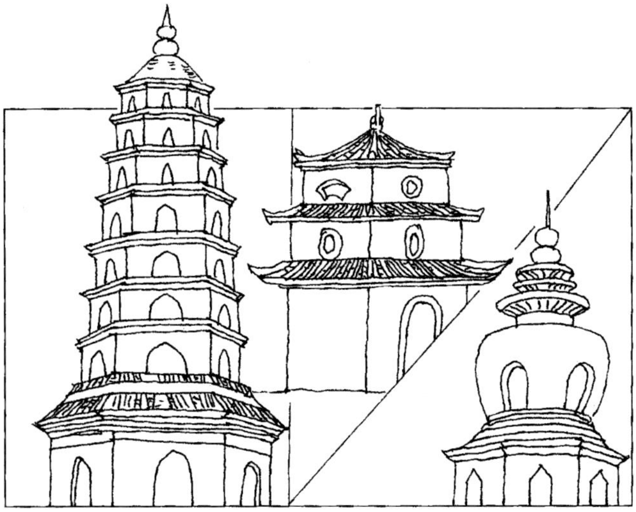
线描写生

单元图形的变形设计

单元图形的各种形式组合设计

二方连续

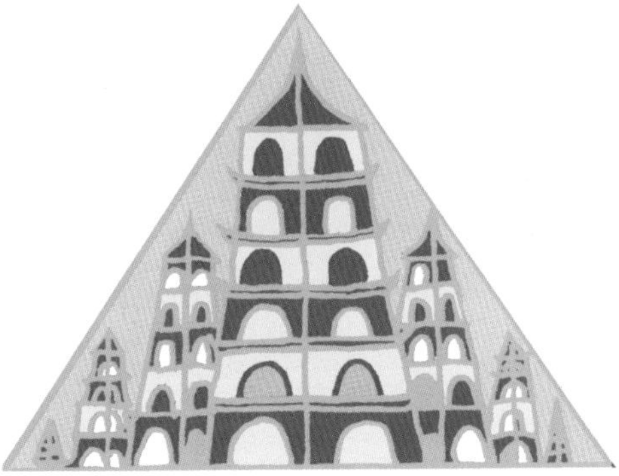
适合纹样

四方连续

例图九：桥

造型特征提示：桥与人们的日常生活形影不离，每当人们出门时，可能会需要从桥上通过。世界上有各种各样的桥，小到独木桥，大到各种跨江、跨海、长达数百米的钢架水泥桥，不过，每一种桥的形式与造型都不一样。这样，给我们设计桥的图案时提供了非常丰富的内容。桥大体由桥面、桥拱、桥墩等组成，不同的桥的特征是不同的，如少数民族地区的风雨桥，其特征就非同一般，造型相对复杂而具变化。而如历史悠久的古桥，则显得庄重、简练、大方、朴素，这种桥在水乡地区极为常见。设计时应仔细观察桥的结构及各种角度的变化，选择适合的角度来造型，桥的图案还需搭配一定的景物来进行，如房子、树木、河流、山川等。

线描写生

**单元图形的变形设计**

**单元图形的各种形式组合设计**

二方连续

适合纹样

四方连续

例图十：船

造型特征提示：船是人类创造的交通工具和生产工具，大至万吨巨轮，小至独木扁舟，船的造型多姿多彩，张开白帆的船、喷着青烟的船、悠然游弋的船、破浪前进的船，都是图案设计的素材，行船与水是分不开的，应用水的波纹表现船的动态，如果画靠岸的船，船与港的关系，应该加以表现。船的剪影是十分丰富有趣的，这本身就具有图案感。

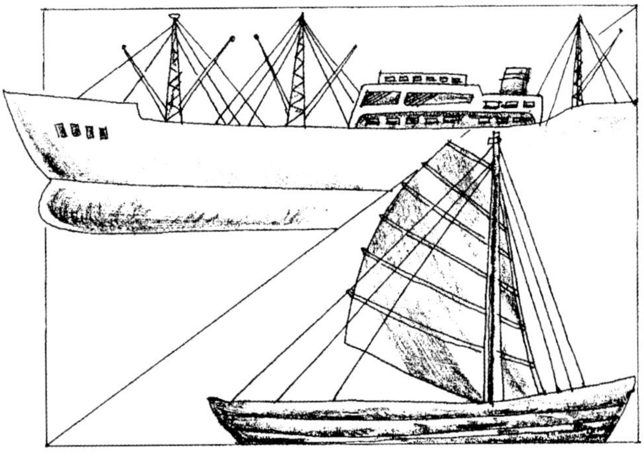

线描写生

**单元图形的变形设计**

**单元图形的各种形式组合设计**

二方连续

适合纹样

四方连续

# 第三章 基础图案的色彩设计

## 一、装饰色彩基础

一幅优秀的图案设计，形体造型与色彩的完美体现是决定其艺术风格与品位的关键。要想做到这一点其实并不难，首先要认识色彩的各种特性，包括物理特性与心理特性；其次是理解色彩之间的关系，掌握色彩运用规律；再者加上充分的实践练习。下面就让我们来学习一些关于装饰色彩的基础知识吧。

1. 色彩三属性

任何色彩都具有三属性，即色相、明度（亮度）、纯度（彩度），也就是说一个颜色只有具有以上三种属性才属于彩色系。熟悉和掌握色彩的三属性，对于认识色彩、表现色彩、创造色彩极为重要。把握三属性就可以在千变万化的色彩世界中，找到色彩变化的清晰脉络和规律。

色相是指色彩的相貌，每个颜色都被冠以一个名称，又叫色名，以便色彩的记忆和使用。从物理学的角度讲，色相差异是由光波的波长不同所造成的。明度是指色彩的明暗程度。从物理学的角度讲，明度是由于物体对光的反射率不同造成的。纯度也称彩度，是指色彩的鲜艳度、饱和度。纯度取决于色光中光波波长的单一程度，光波波长越单纯，色光越鲜亮。如果一种色彩加以黑白灰来调和，它的饱和度就会下降。

24色相环

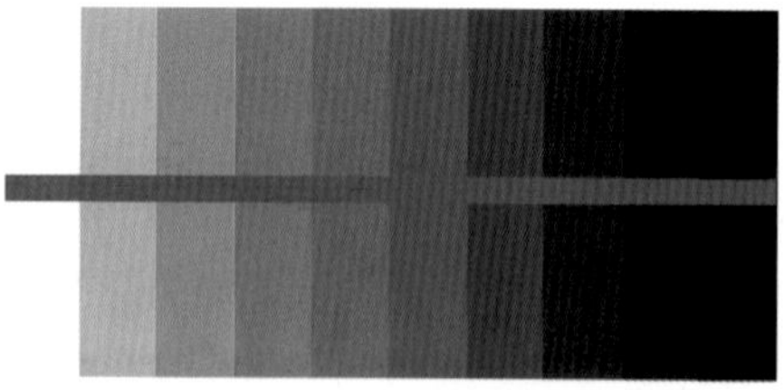

黑白色级差与中灰色条纹比较

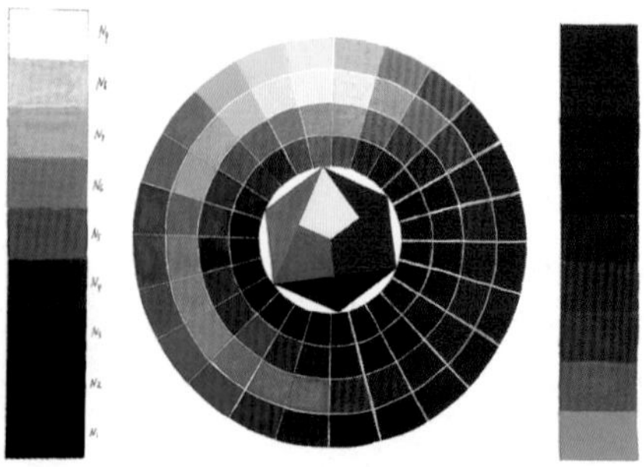

明度、色相、彩度

2. 明度对比

明度是指色彩的明亮程度。明度主要以无彩色之黑、灰、白来表示。在色环中，当我们去掉彩度，只是明暗深浅层次时，色谱中柠黄色的明度最高，蓝色的明度最低。明度对比强烈，则明暗反差大，视觉感受刺激、轻快、积极、活泼、强烈。明度对比适中，则视觉感受较平和，统一中不失丰富。明度对比弱，则视觉感受沉闷、忧郁、神秘、孤寂、恐怖。

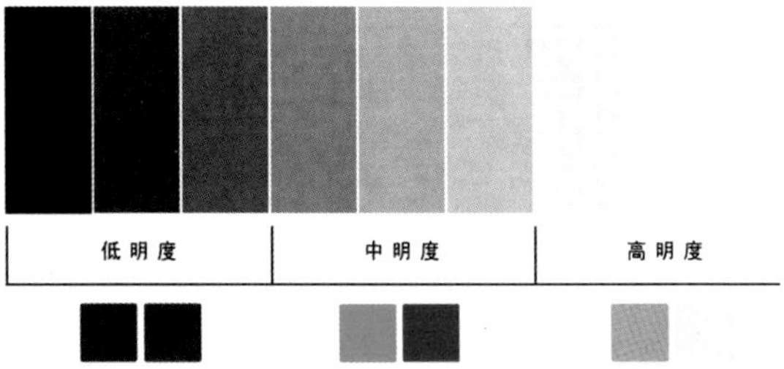


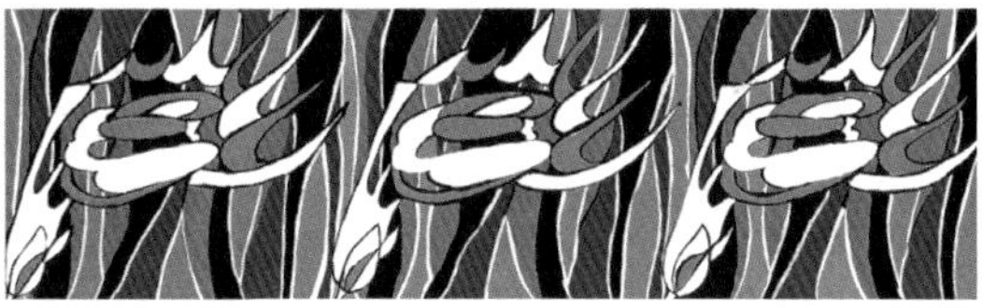

明度对比强烈

低明度对比

明度对比强

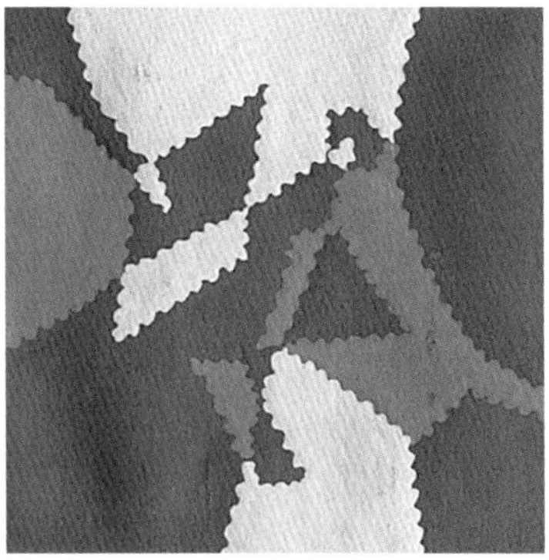

明度对比适中

明度对比弱

高明度对比

中明度对比

低明度对比

3. 纯度对比

纯度，表示色彩的饱和度。色彩的纯度越高色相感越强。纯度可以分为高纯度、中纯度、低纯度。高纯度的色彩对比关系往往体现鲜艳、强烈、饱和、华丽等个性鲜明的特征。中纯度的色彩对比显得稳重、调和、典雅、厚重。低纯度的色彩对比有含蓄、神秘、沉闷、乏味之感。艳灰色的对比练习是指艳度较高的色彩与灰色调之间的对比关系组合练习。艳灰色的色彩对比如能把握得好，灰色和艳色会相互映衬、生动活泼，并能够体现出一种高雅的特质。

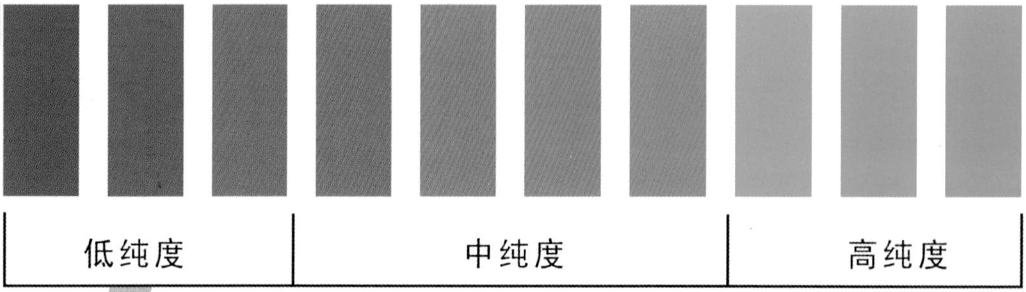

艳灰色调对比

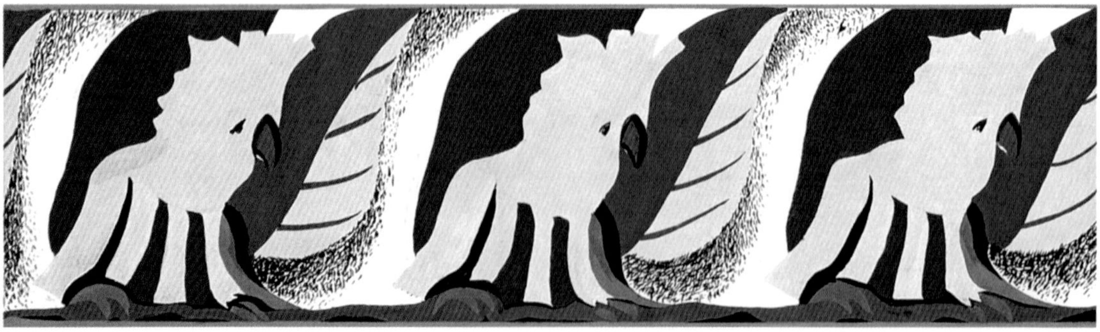
低纯度对比

高纯度对比

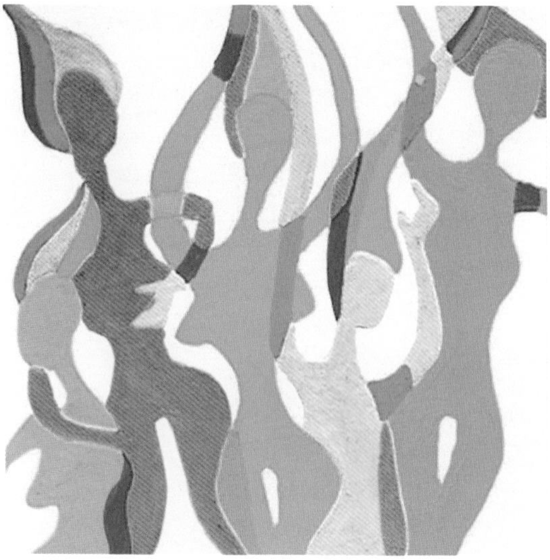

高纯度对比

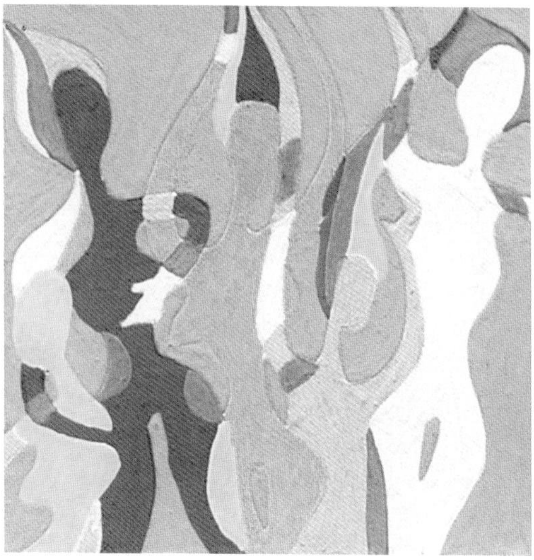

中纯度对比

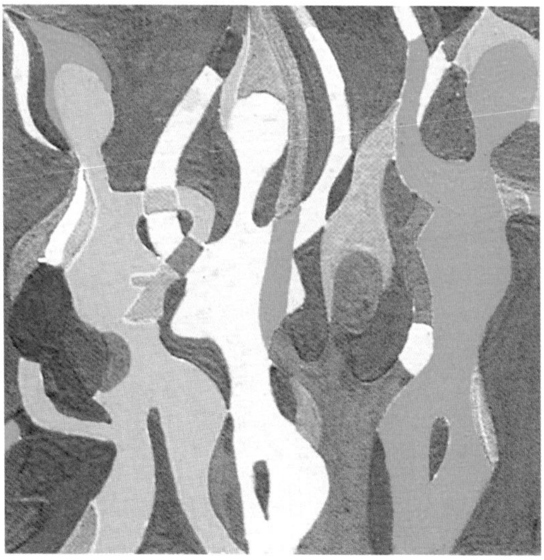

低纯度对比

艳灰色调对比

4. 色相对比

24色相环中：一般距离在15度的色相都属于同类色，它属于较弱的色相对比，只有轻微的色相变化，它的表情和谐、统一、单调、呆板、柔弱。邻近色又称近似色，指相邻的两色系，色相距离15度以上45度以内，属于柔和适中的色相对比，它的表情比同类色丰富些，比较柔和、活泼、艳丽、暧昧、现代。色相距离在130度左右的对比称为对比色对比，属于色相中对比，它区别于完全对立的互补色，表情生动、兴奋、鲜明、饱满，但过度使用的话容易产生视觉和精神疲劳。互补色是指在色相环上完全对立的呈180度对顶角的色相，属于最强色相对比。它的表情不安定、热烈、刺激、醒目。

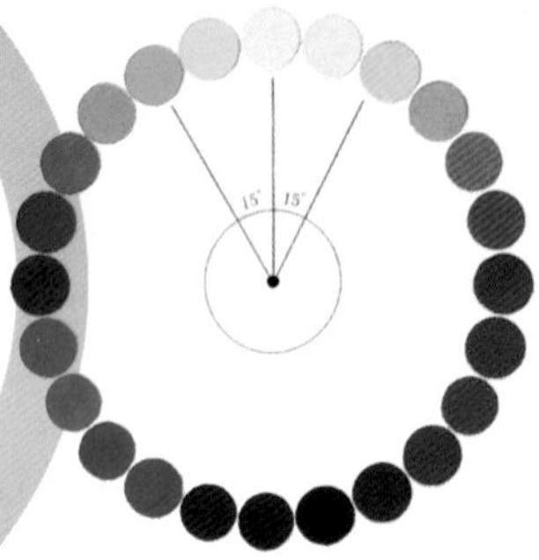

同类色

同类色相的画面可通过明度的深浅变化来表现，画面层次效果协调，统一。

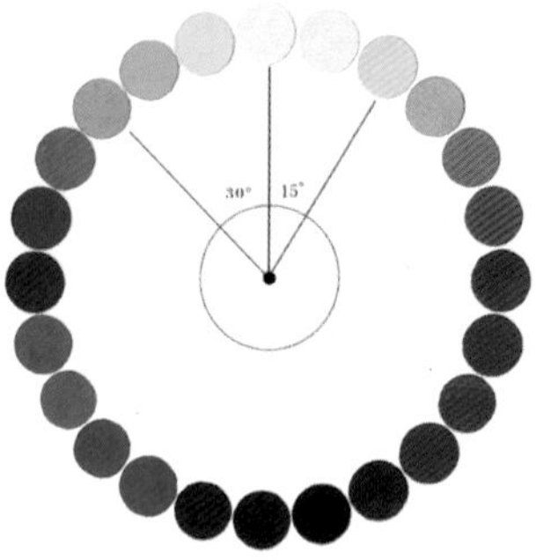

邻近色

运用邻近色相的画面效果比同类色相效果更丰富，但又不失画面的统一感。

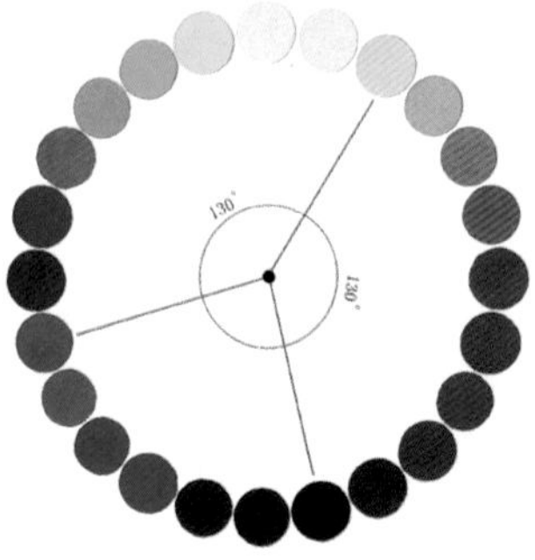

对比色

运用对比色相的画面效果明亮，冲击较强，能给人眼前一亮的感觉。

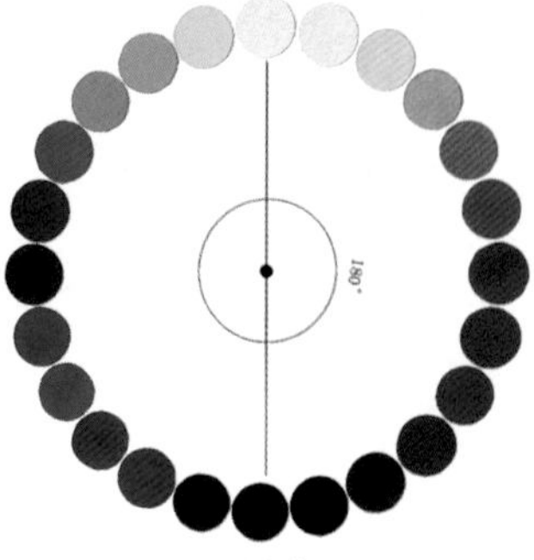

互补色

运用互补色相的画面视觉刺激强烈，运用得当画面容易脱颖而出。

同类色对比

对比色对比

邻近色对比

互补色对比

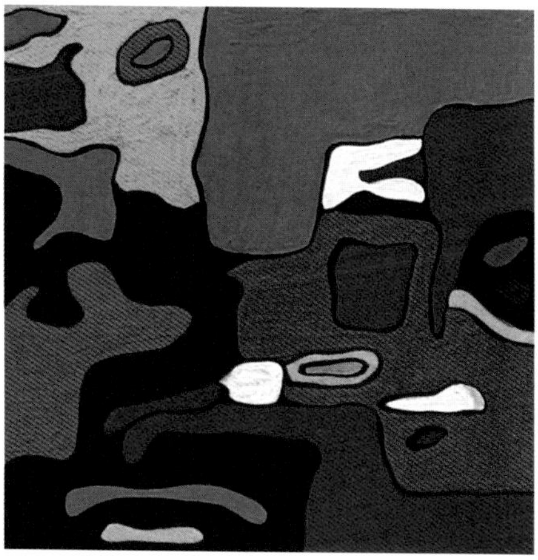
邻近色对比

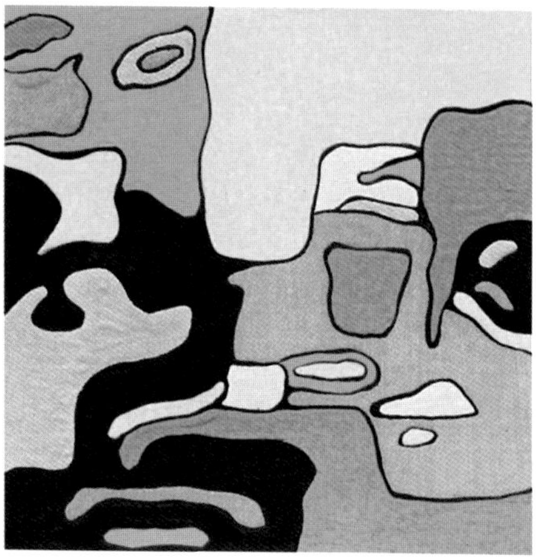
对比色对比

同类色对比

互补色对比

5. 冷暖对比

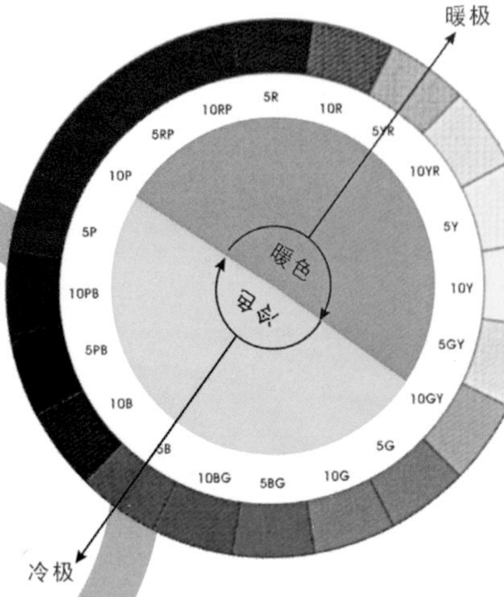

冷色调

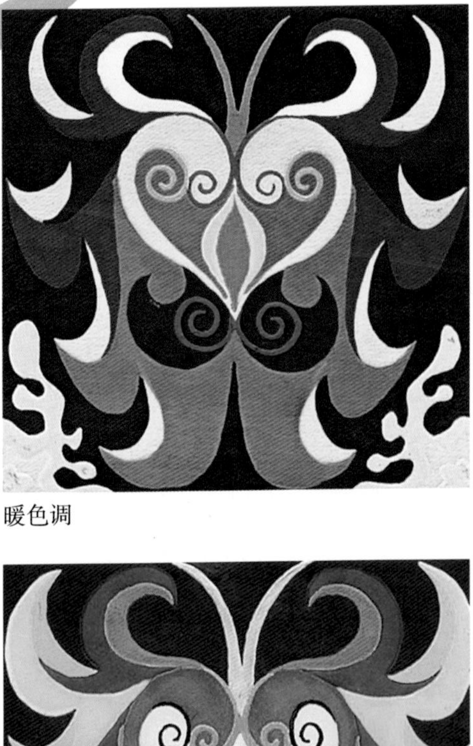

暖色调

暖色调

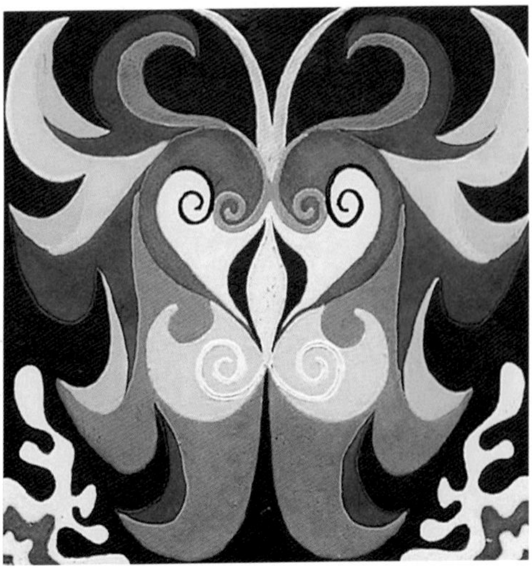

冷色调

## 二、套色练习

练习目的是以一个基本图形进行多种套色的变换，以训练学生对各种色调的掌握与应变能力；从另一角度上来说也是训练学生对色彩的创意与审美能力。练习时，根据形体的特点，转换组色，使形体呈现不同的色调变化，组色不宜过多，五至六色即可，其间可适当运用一些特殊的技巧来进行表现，以增加画面的个性与风格。

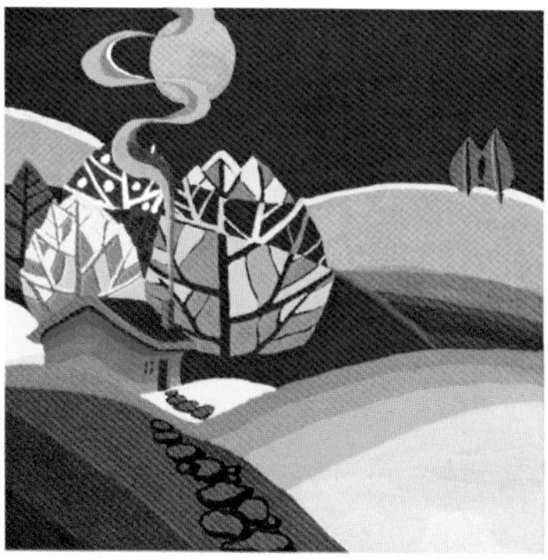

## 三、技法表现

图案表现技法的运用是为了增加图案作品的艺术性与视觉性，传统的平涂的手法未免显得单调无味，人们对作品的挑剔是显而易见的，有时技法的创新会对原来似乎平淡的作品增加意想不到的表现效果。下面介绍几种较为常用的表现技法。

1．勾线法：是利用线条的表现力度，对形体的色彩进行必要的修饰与描绘，增强画面的动感与层次，在许多的现代艺术作品中，各种线条的运用往往是作品成功的关键，如米罗、毕加索等大师的作品，线条成了他们作品中不可缺少的视觉语言，确有学习与借鉴的价值。

在运用勾线的表现技法时应注意线条粗细、轻重、色彩的把握。粗线条能给人厚重、严肃的感觉；细线条能表现细腻、尖锐；均匀的线条有安静、优美的视觉效果；带有粗细变化的线条有粗犷、奔放的效果；当画面出现“闷”的效果时可以亮色勾线；当画面太“轻”时，则可用重色的线条平衡画面。因此，我们要根据画面的具体需要来运用线条，做到有的放矢。

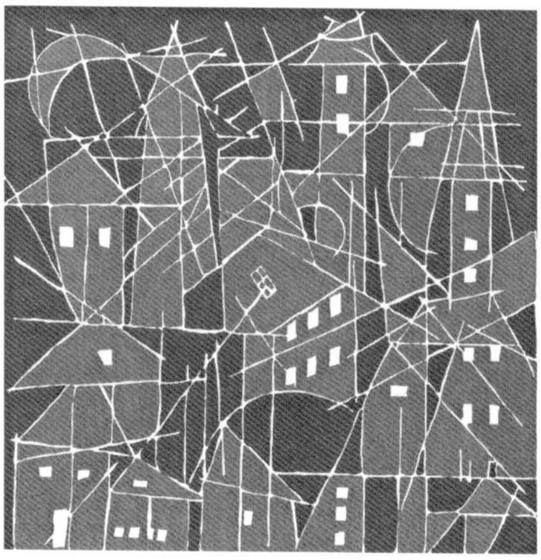

2. 渐变法：是将色彩按照一定规律有秩序地排列、组合的一种表现形式。当色彩呈渐变秩序的色阶组合时，能使画面具有强烈的韵律感、明快感，富有浓厚的现代感和装饰性，甚至还有幻觉空间感。渐变法可分为色相渐变、明度渐变、纯度渐变、综合渐变等形式。色相渐变，是将色彩按色相环的顺序，由冷到暖或由暖到冷进行排列、组合的一种渐变构成形式。明度渐变，是将色彩按明度，由浅到深或由深到浅进行排列、组合的一种渐变构成形式。纯度渐变，是将色彩由鲜到灰或由灰到鲜进行排列组合的一种渐变构成形式。综合渐变，是将色彩按色相、明度、纯度推移进行综合排列、组合的渐变形式，由于色彩三要素的同时加入，其效果当然要比单项渐变复杂、丰富得多。

色相渐变1　明度渐变

综合渐变1　明度渐变

色相渐变2　明度渐变

明度与色相渐变

3. 干擦画法：利用仿传统绘画中干笔点擦的画法来表现一些较为古雅的色调和造型，这种画法具有较为朴素的画风，在绘制过程中有多层次的叠加，因此层次感强，色彩丰富，耐人寻味。

4. 水彩画法：水彩画法秉承水性色彩的习性，水里透色，色里透水。浸染，色随水而变。各种层次和颜色肌理呈然纸面，不失为一种好的技巧。

5. 皱纸画法：可将柔性较好的纸张进行折叠后展开再进行描绘或画好基本色调后进行折叠处理。折叠的程度视需要来处理，有的宜密，有的宜疏。另一种表现方法是用另外一张纸揉皱后沾上色彩，点擦于画面，不过要对形体的轮廓进行遮挡，以防破坏其他色块。

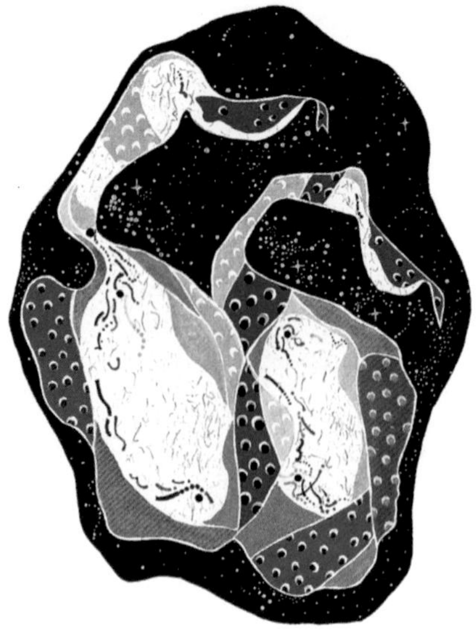

6. 蜡笔画法：蜡笔具有良好的防水功能，利用此特点作一些肌理上的尝试未尝不可，有时会得到令你兴奋的效果。首先在铅笔稿上将你所需留出的位置画上蜡(用有色蜡笔也可以)，确定画好后，再填上其他色，蜡过之处就会留出痕迹，突显笔触肌理，试一试吧！

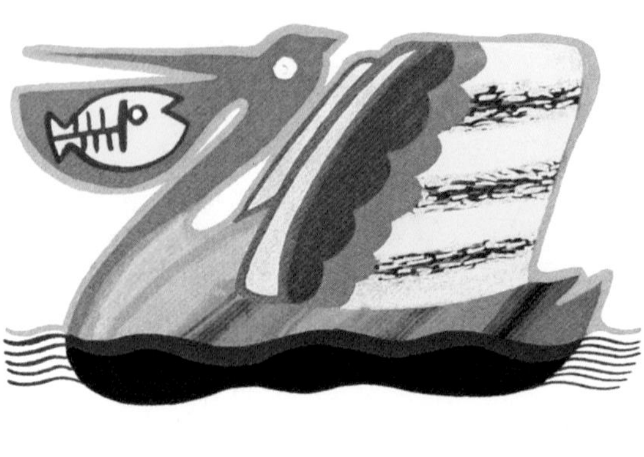

7. 彩铅画法：有干性和水性两种彩铅，也都是着色的好工具，着色速度虽慢些，但效果不凡。用水性彩铅时可适当用毛笔晕染，但晕染多却不好，那样会失去彩铅之特色。

8. 电脑制作法：利用电脑与各种软件来表现。如Photoshop、CorelDRAW、3D Max等软件的功能强大，用于创作绰绰有余，且别有风格。常用的手法是利用Photoshop的滤镜软件对设计图进行各种变化处理，效果颇佳。

9. 各种着色技巧

粗线法

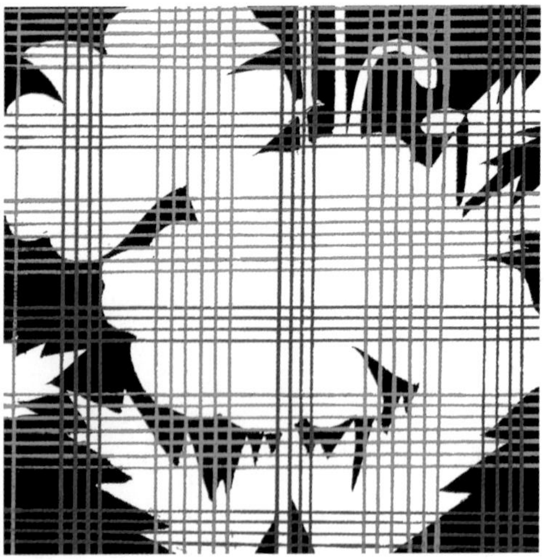

格线法

点线法

几何法

干画法

密点法

喷染法

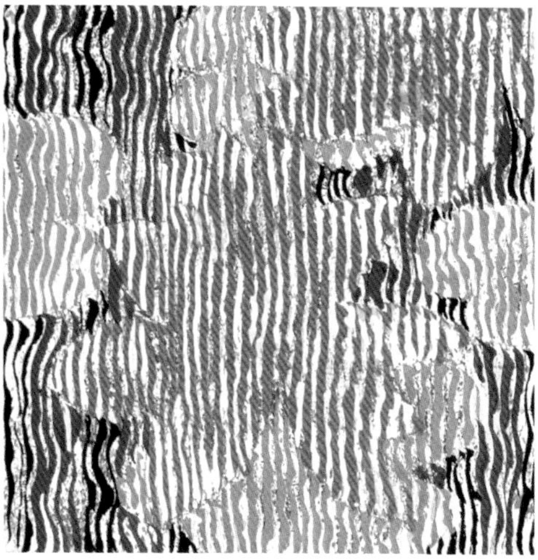

曲线法

拼色法

线面法

平涂法

# 第四章
# 基础图案的绘制步骤 <

## 一、工具介绍

铅笔、钢笔、底纹笔、勾线笔、直线笔、三角板尺子、圆规、拷贝纸、白板纸、草稿纸、水粉颜料、水彩颜料。

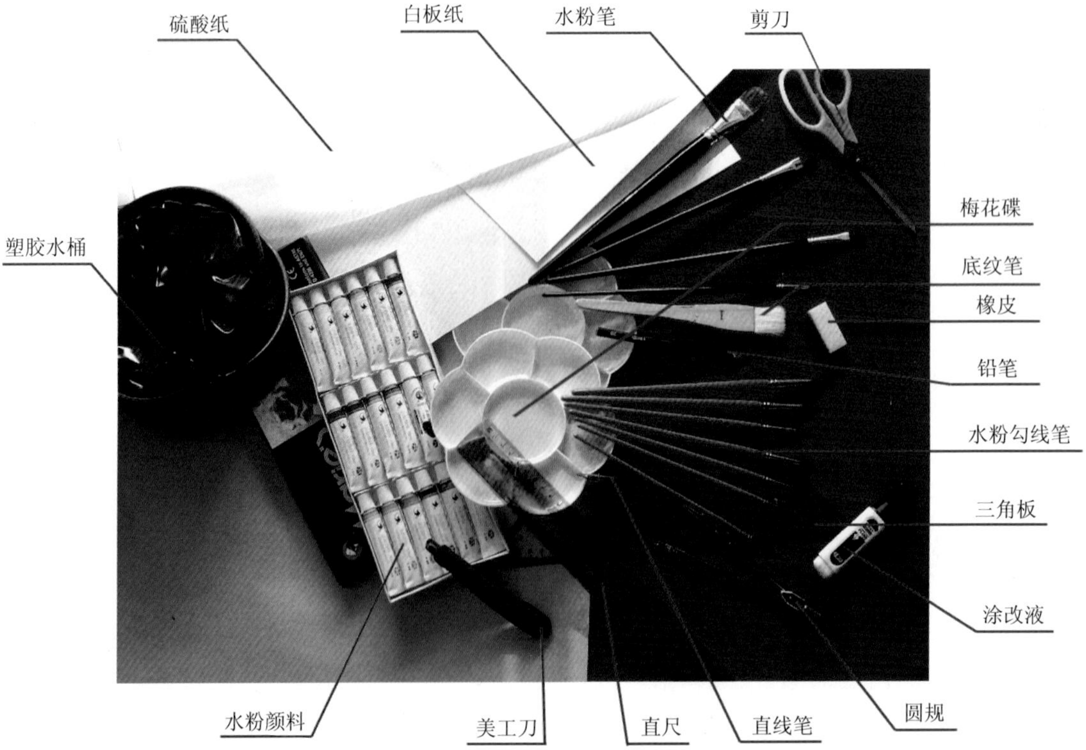

## 二、步骤

上色前应先审视画面，计划好上色顺序，如果主体图案占画面空间较大，且造型较为简单时，可以直接着色。如果主体图案较小，且造型复杂露底比较多则需要先上底色，待底色干后再画主体图案的颜色上去。

①

②

③

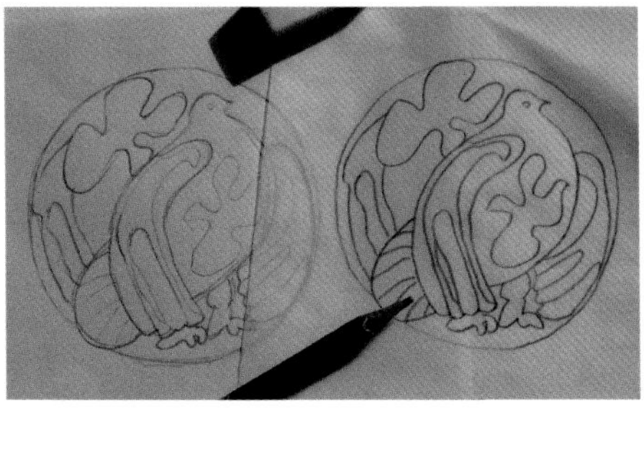
④

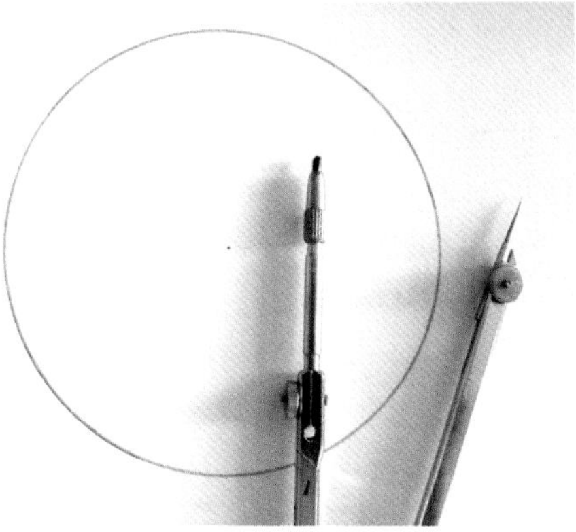
⑤

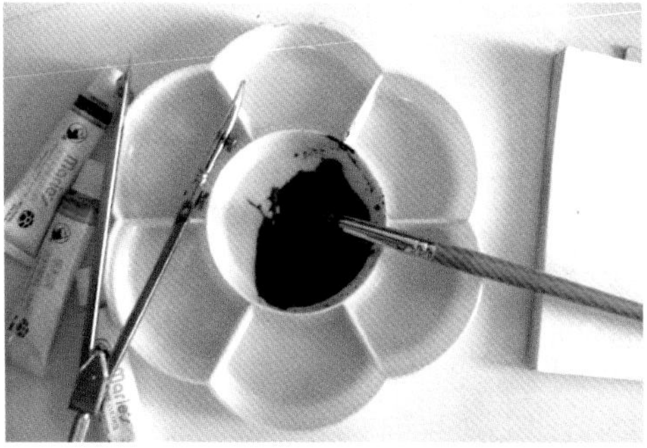
⑥

⑦

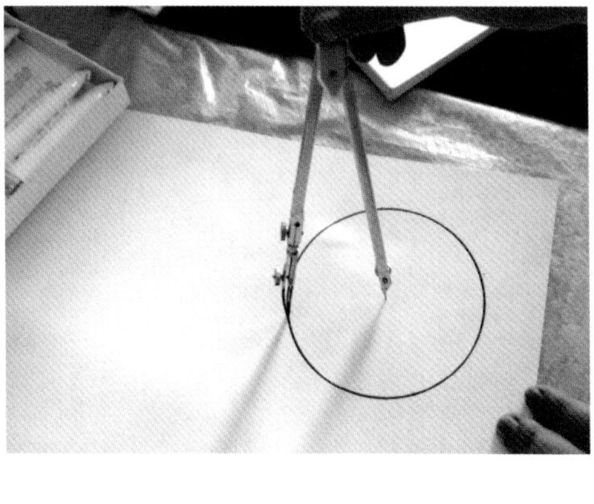
⑧

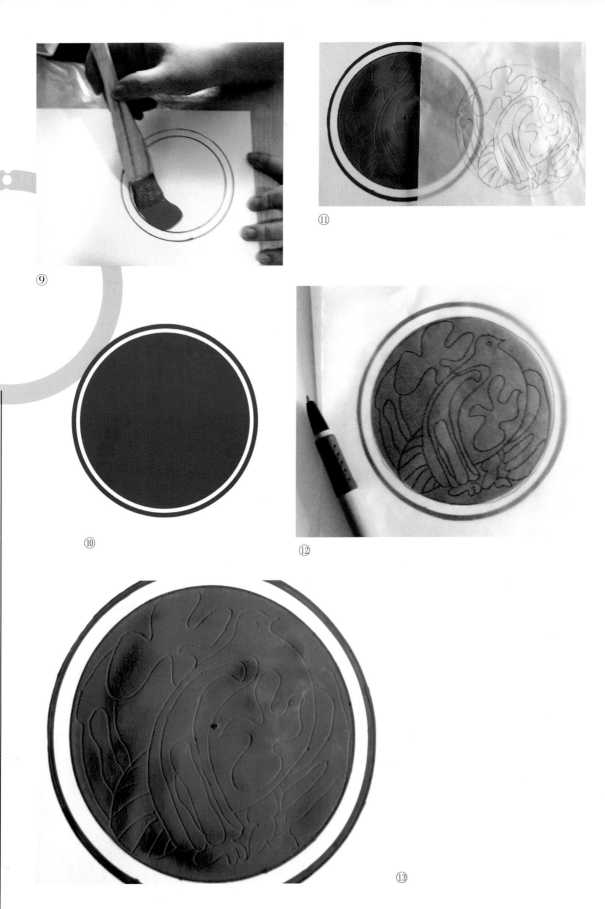

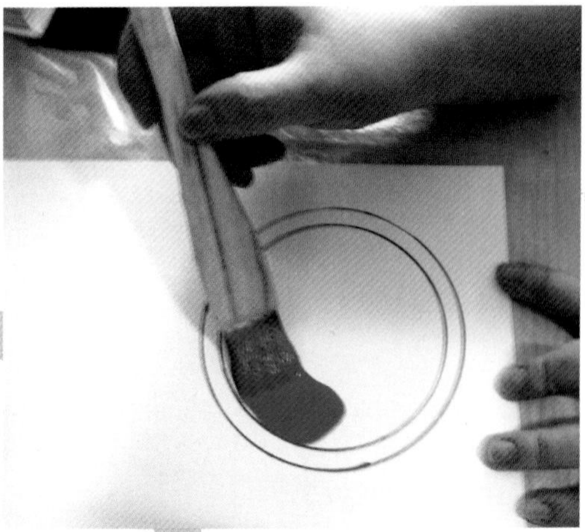

⑨

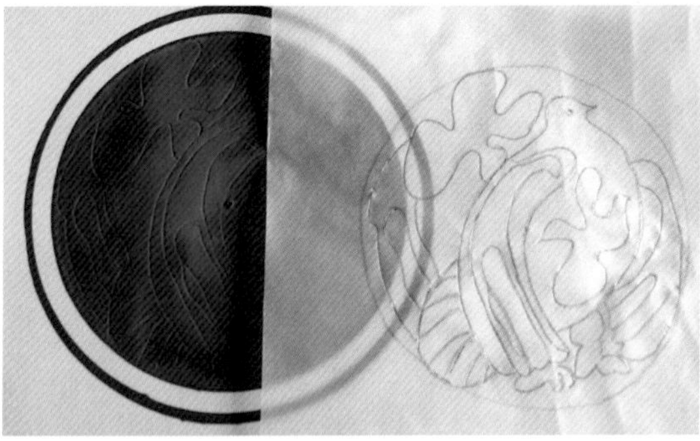

⑪

⑩

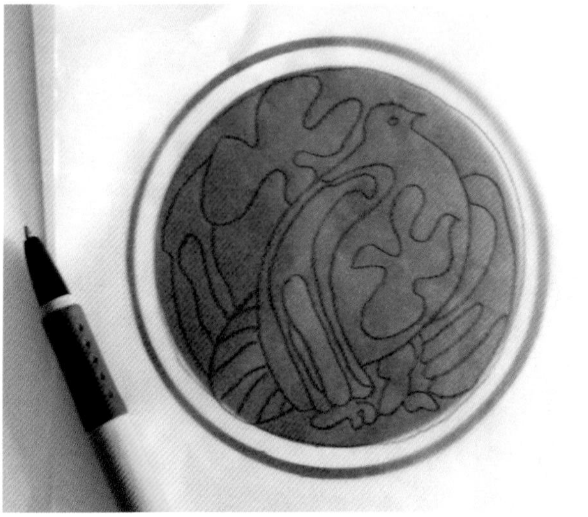

⑫

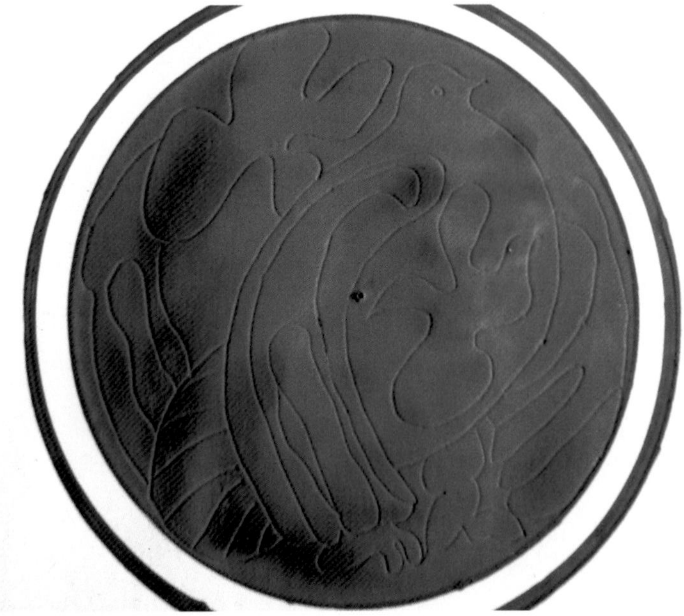

⑬

⑭

⑮

⑯

⑰

①设计所需图案。
②—④利用透明的硫酸纸将图案拷下来。
⑤—⑩绘制正稿底色。
⑪—⑬将硫酸纸上的图案拷贝到绘制好的底色上。
⑭—⑰根据设计稿，绘制主体图案。

# 第五章
## 基础图案设计范例 <

单独纹样：动物

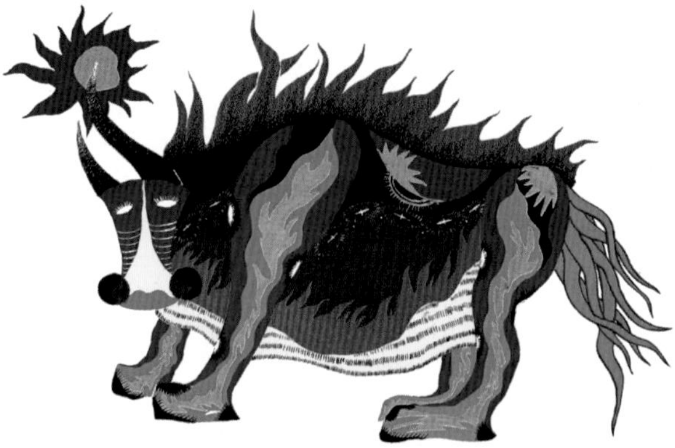

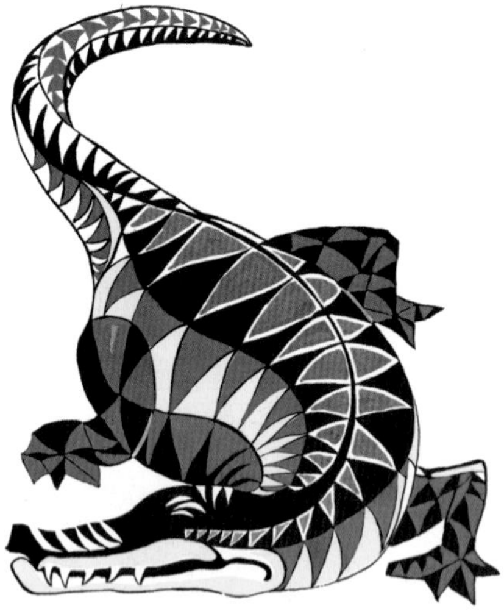

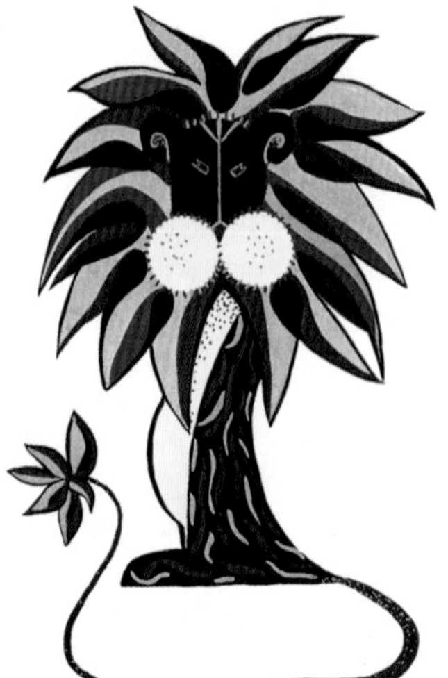

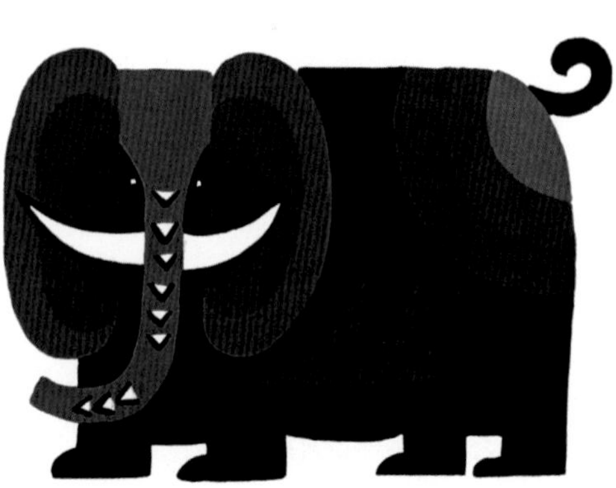

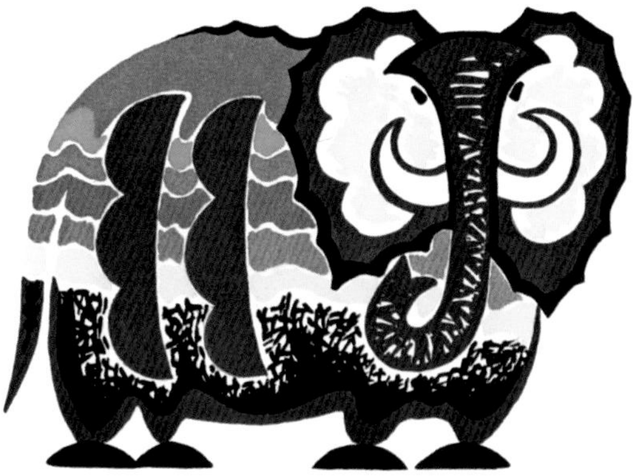

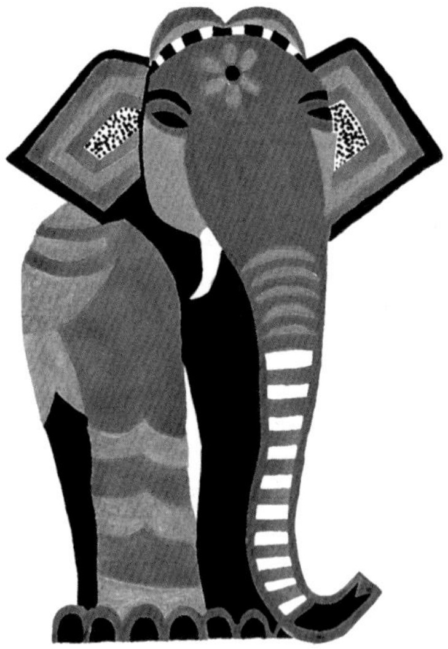

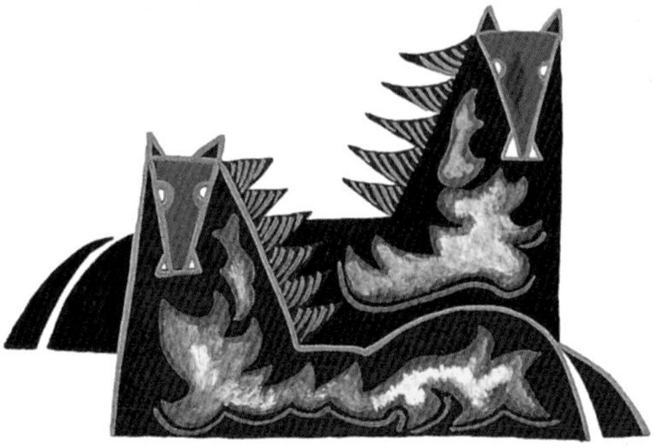

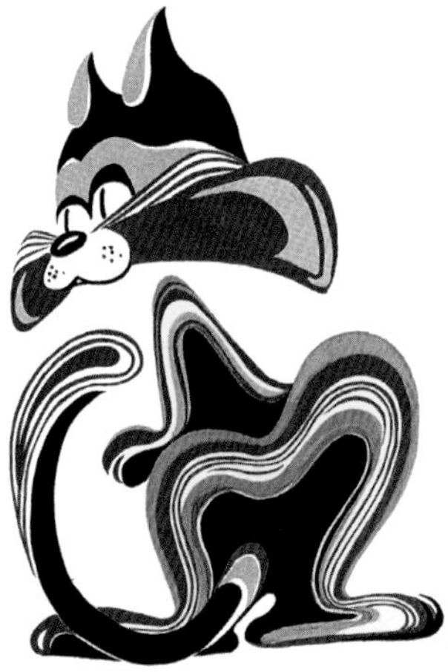

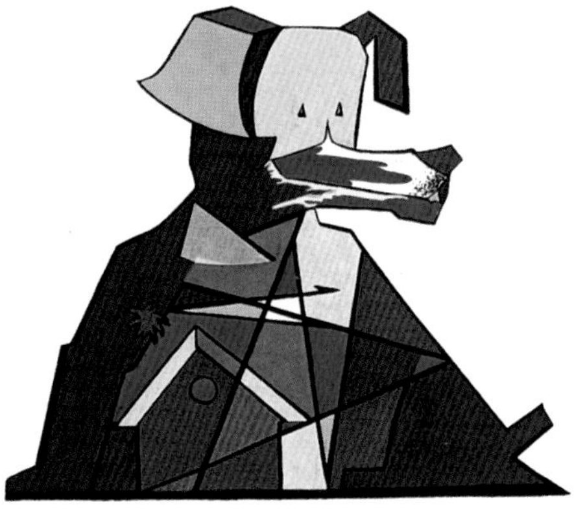

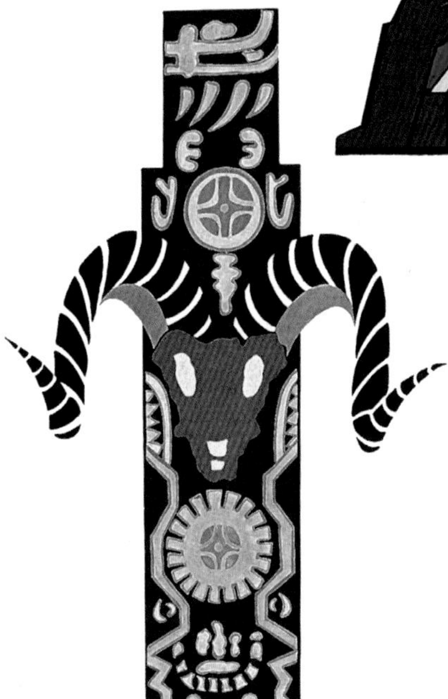

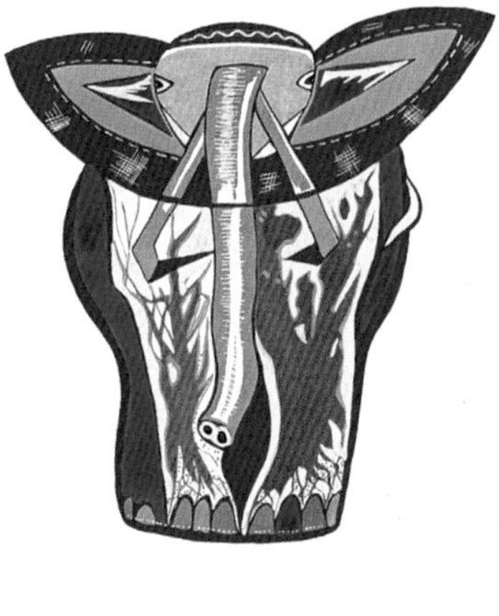

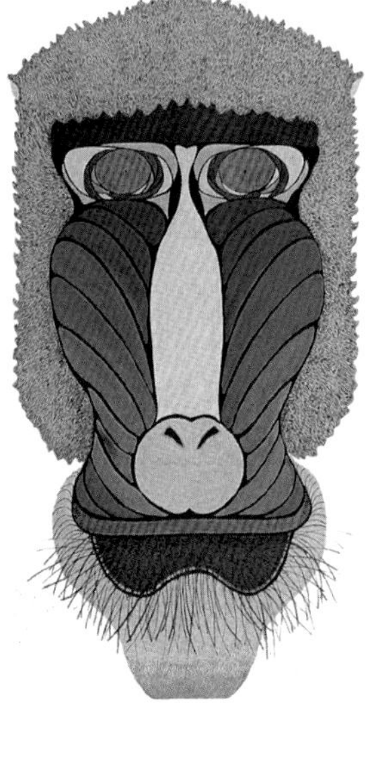

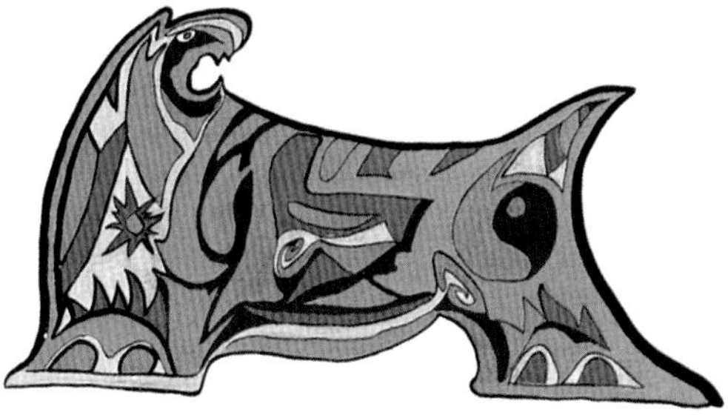

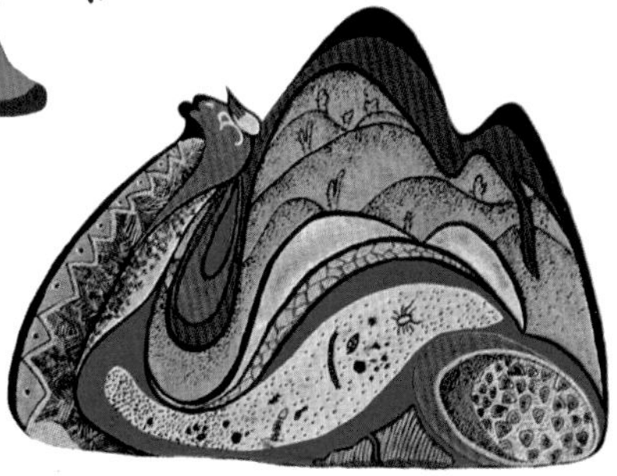

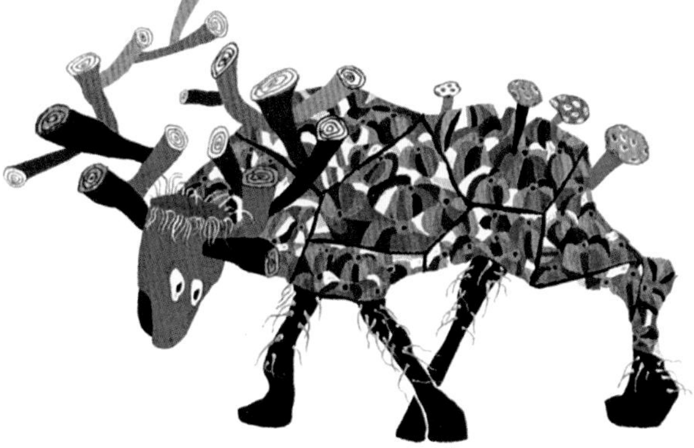

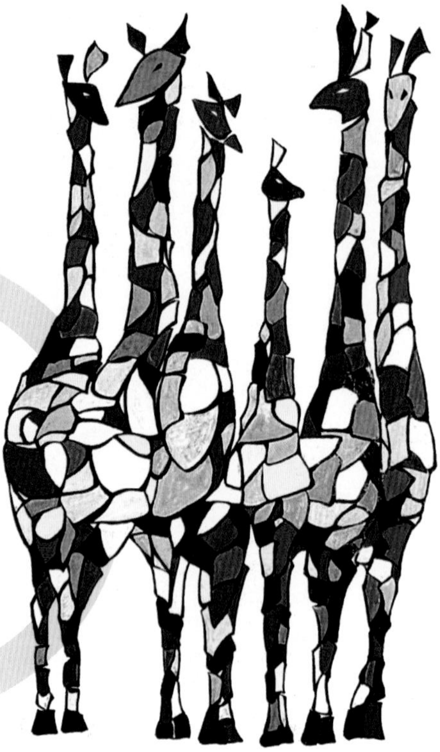

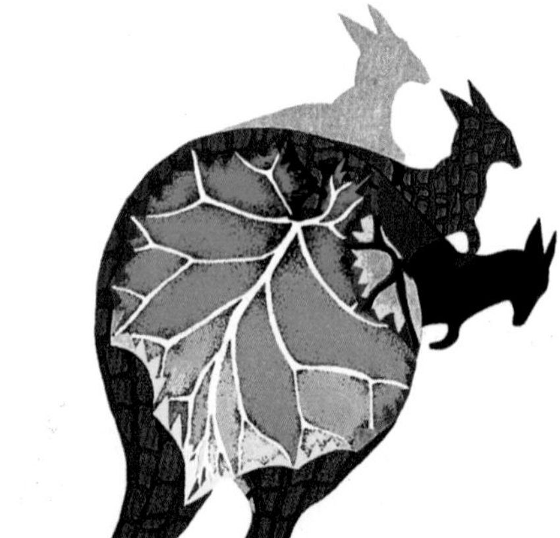

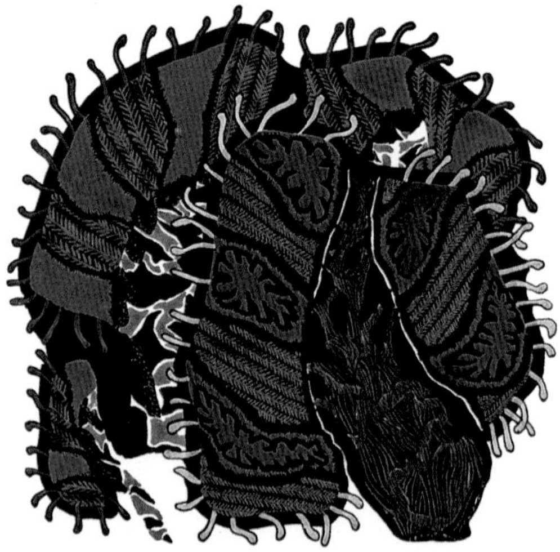

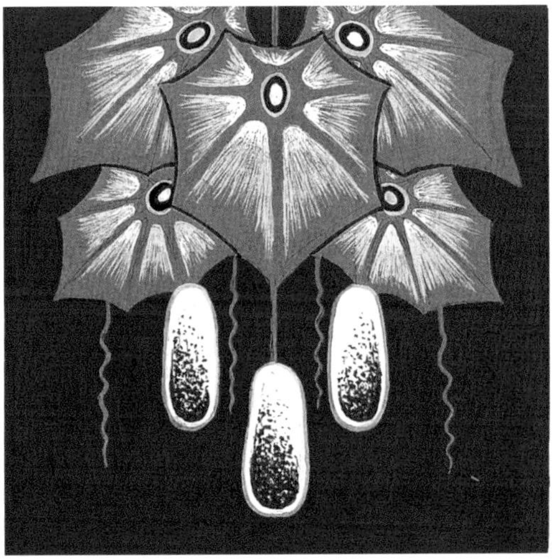

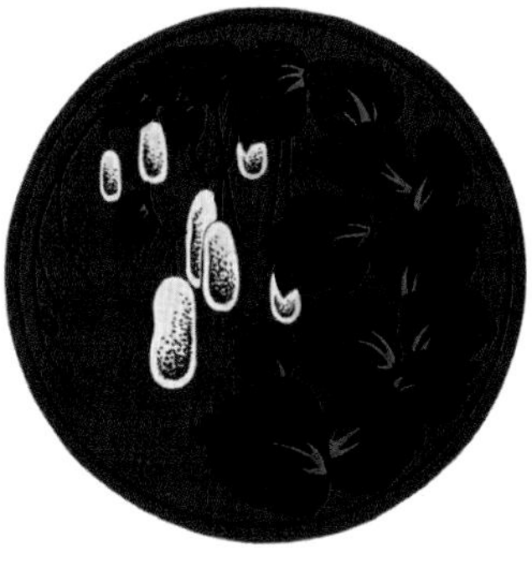

二方连续：动物

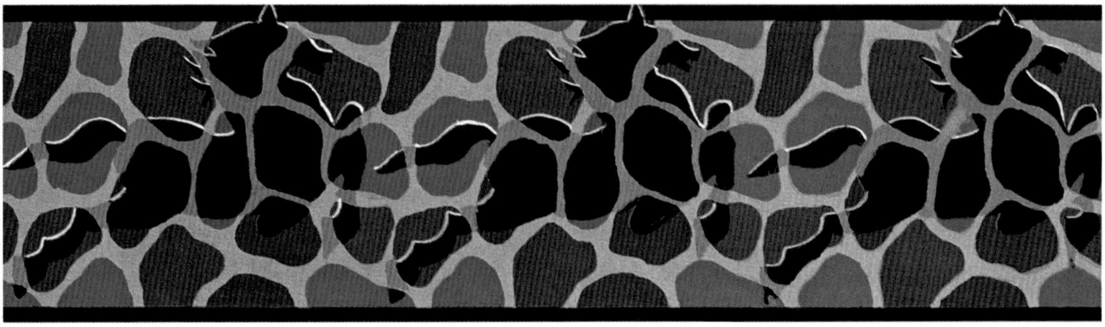

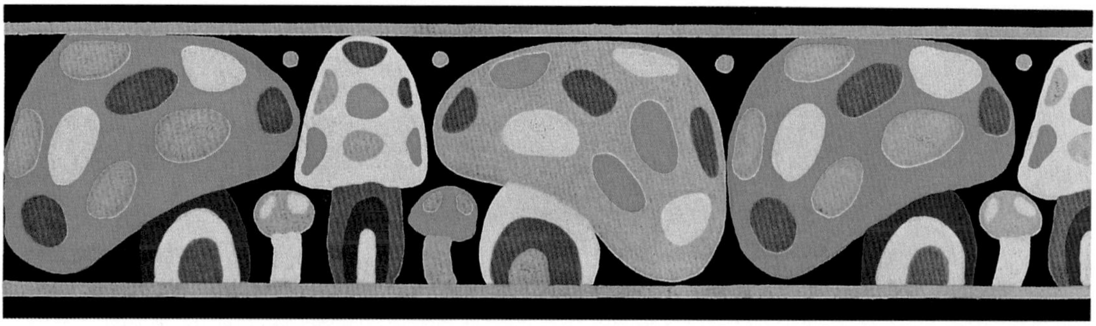

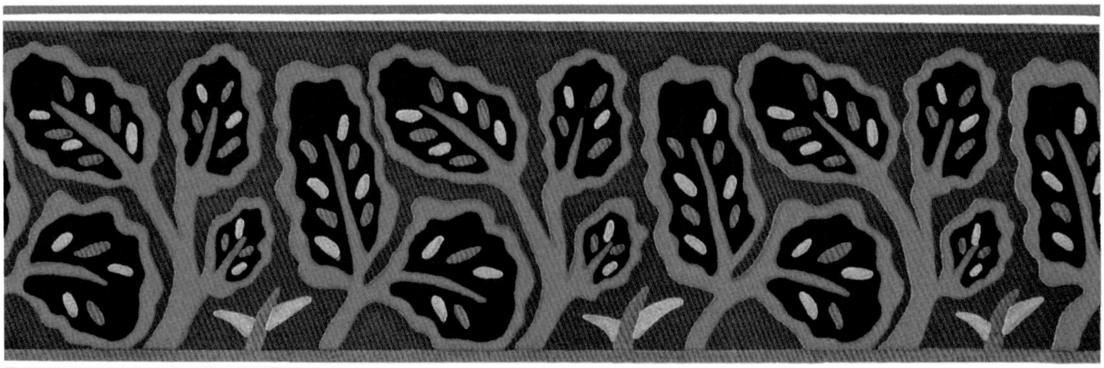

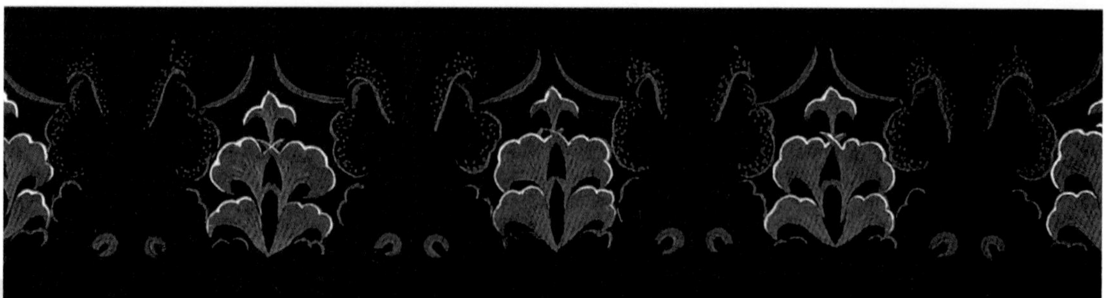

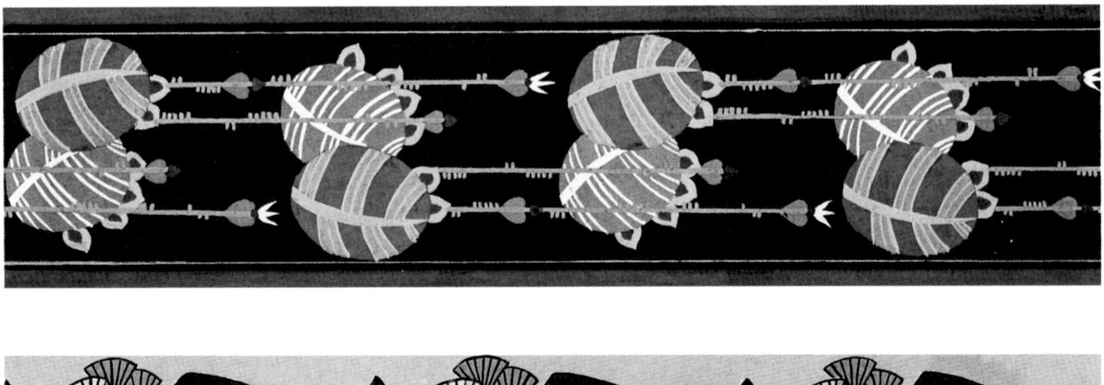

二方连续：风景

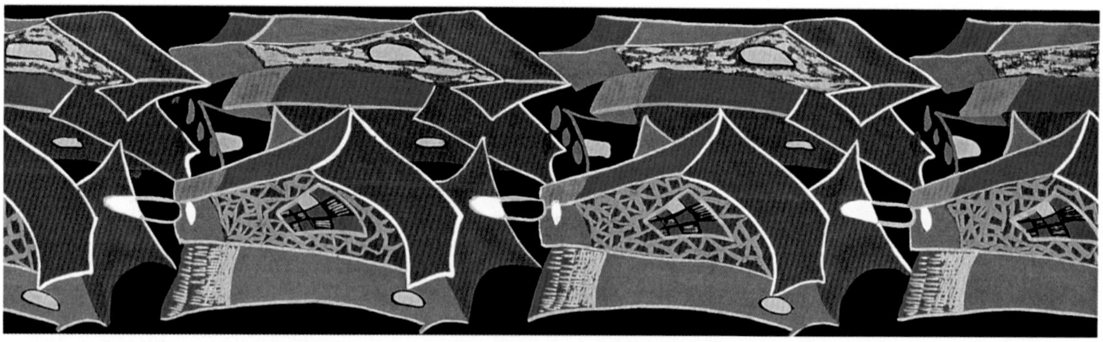

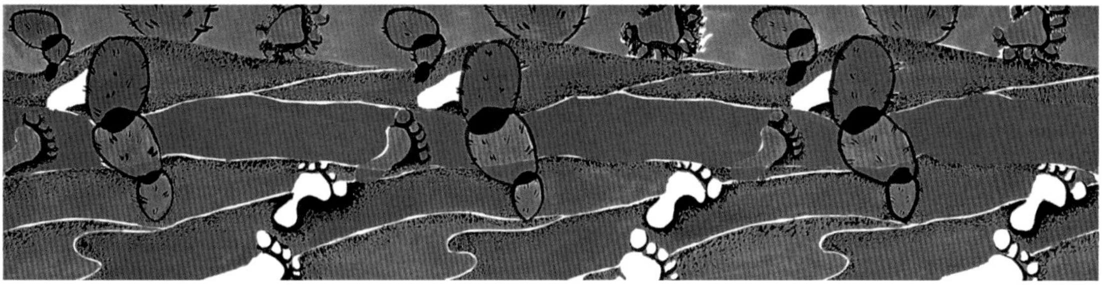

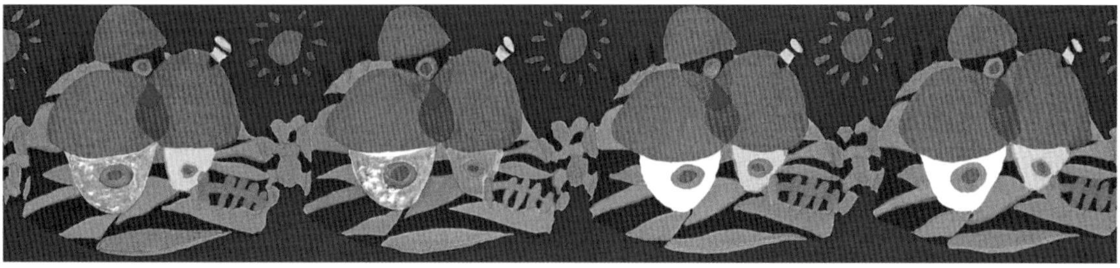

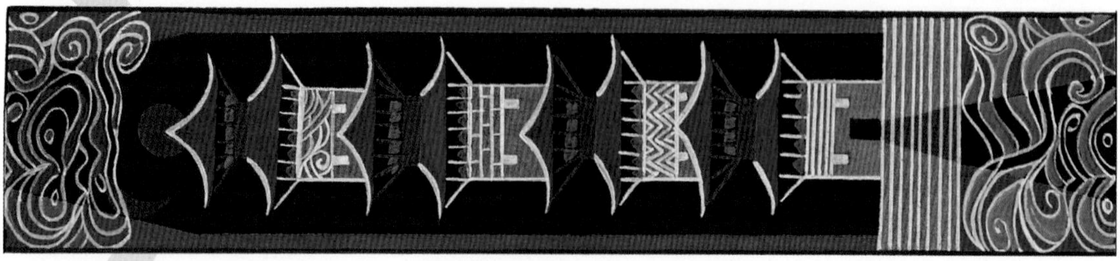

适合纹样：动物

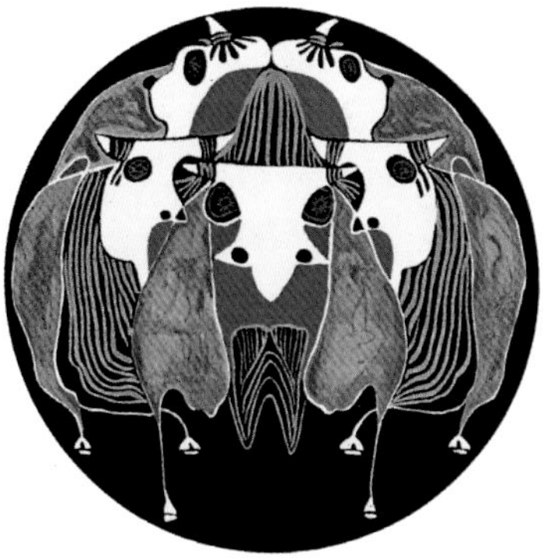

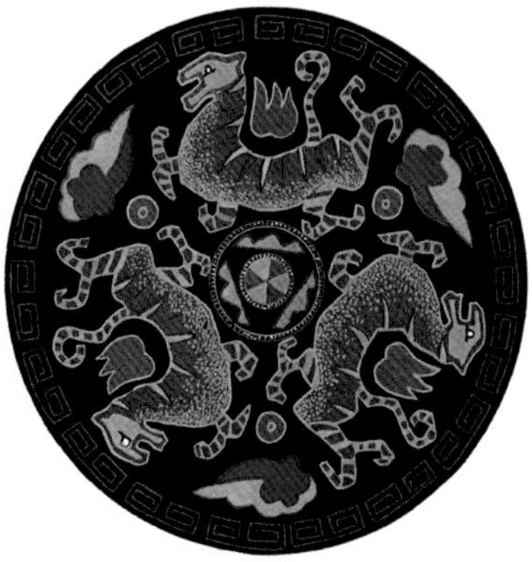

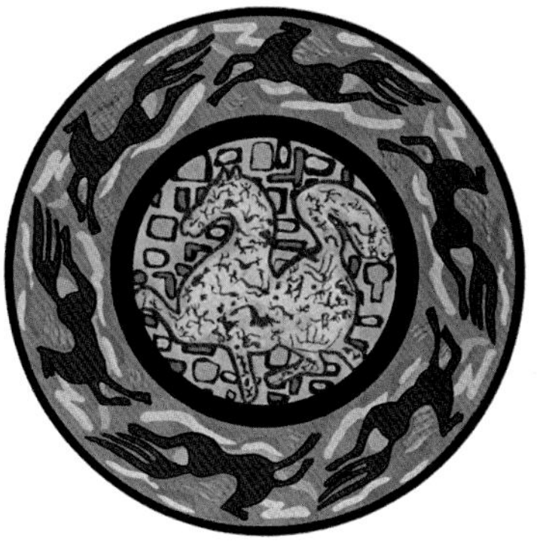

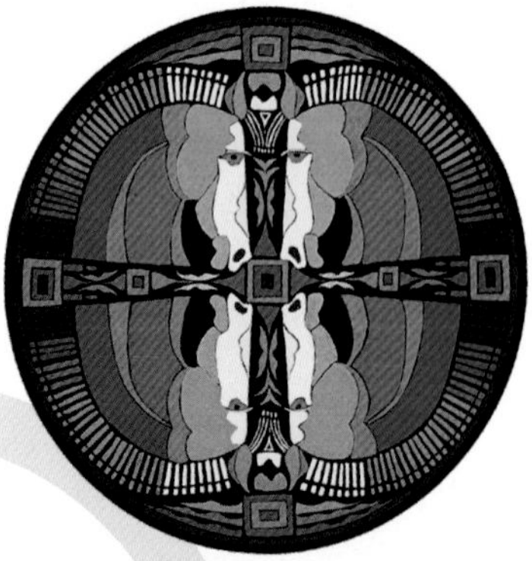

恭喜
發財

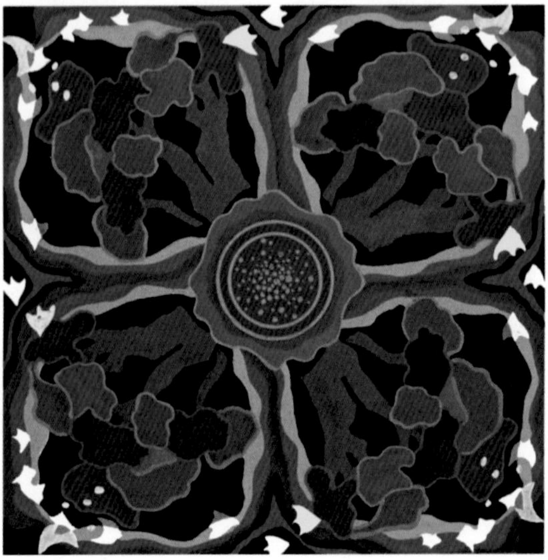

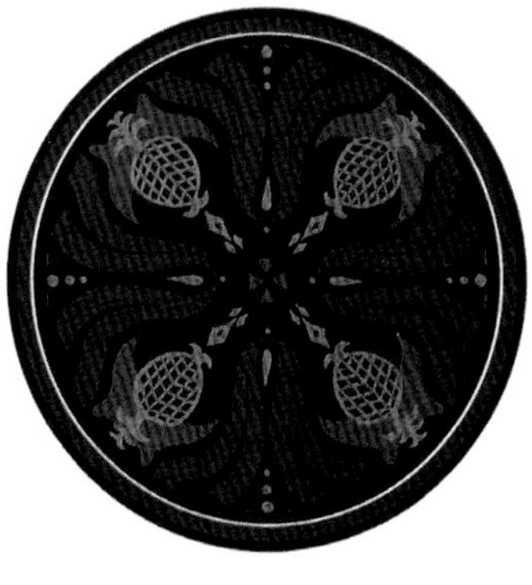

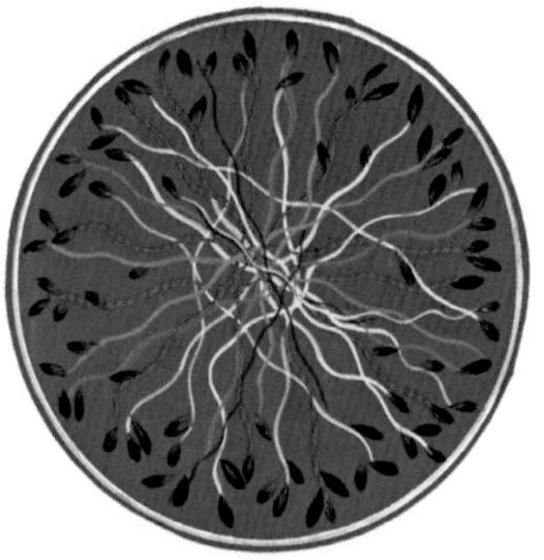

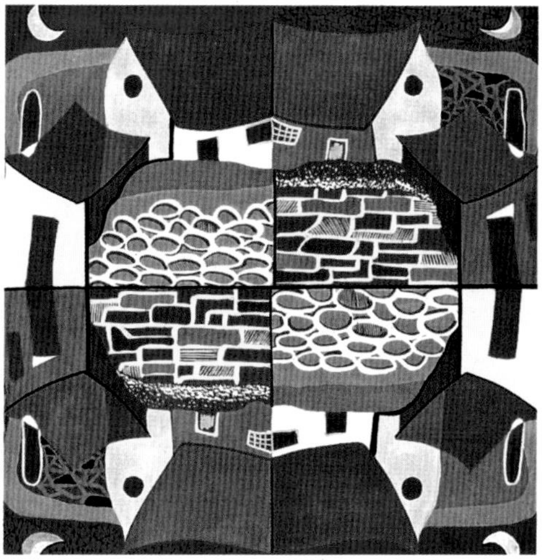

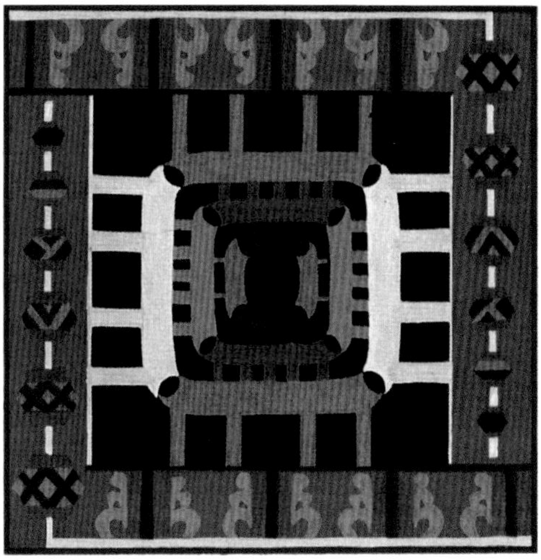

四方连续：动物

四方连续：风景

四方连续：植物

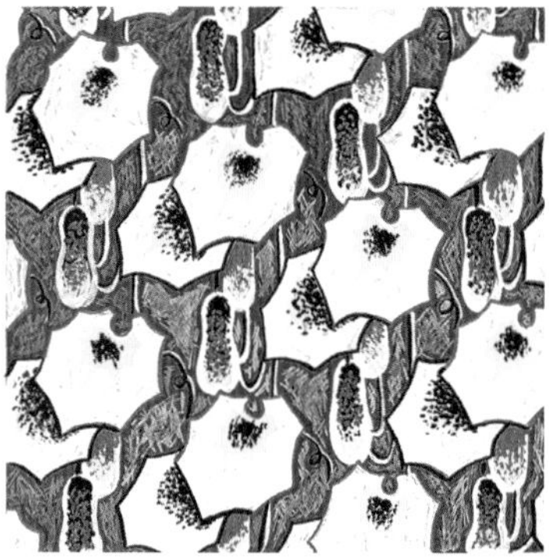

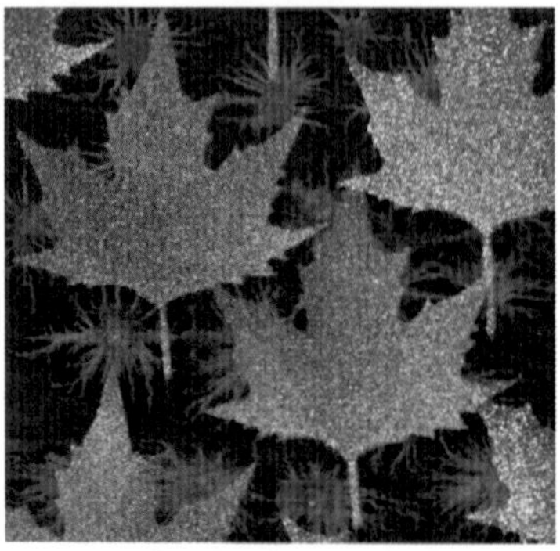

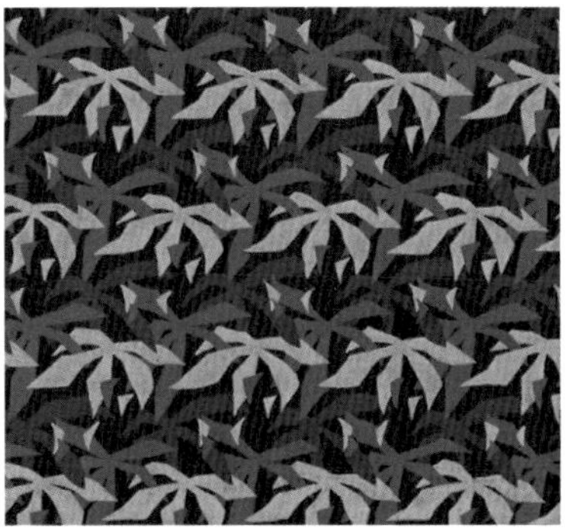

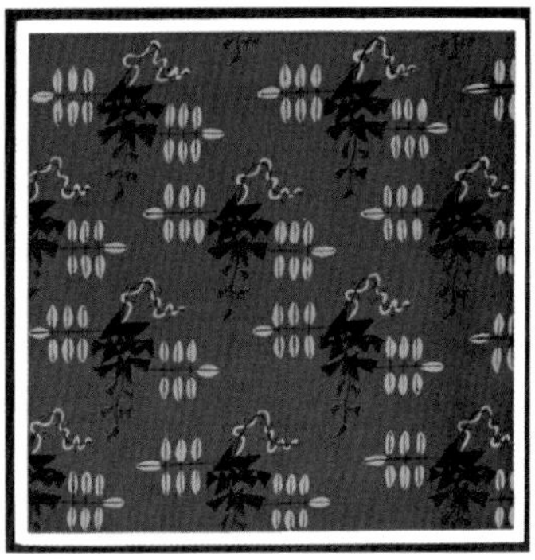

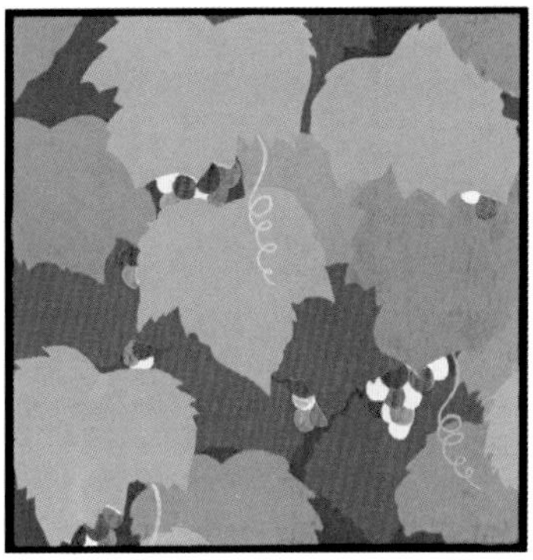

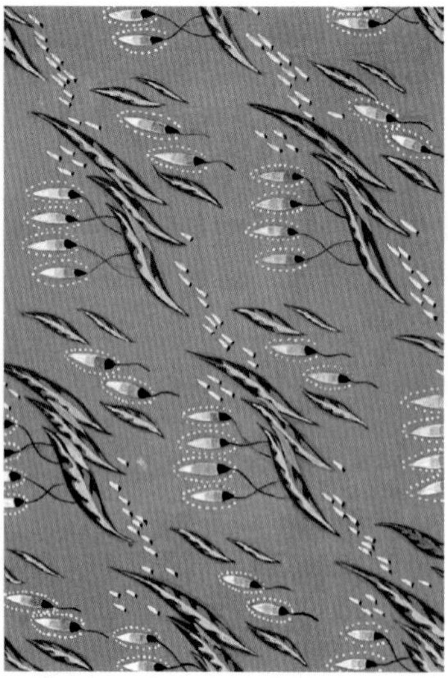

装饰画：动物

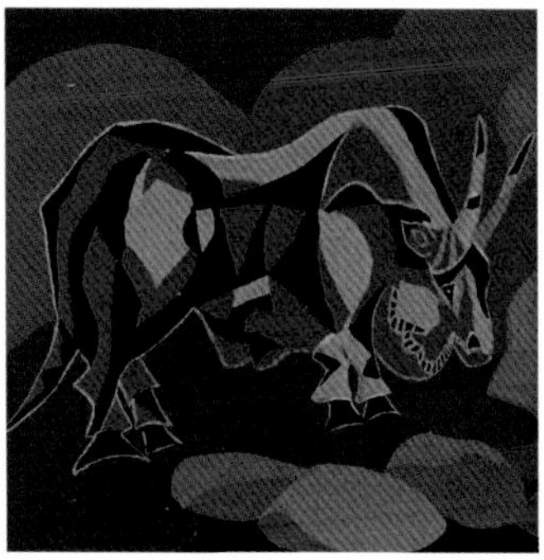
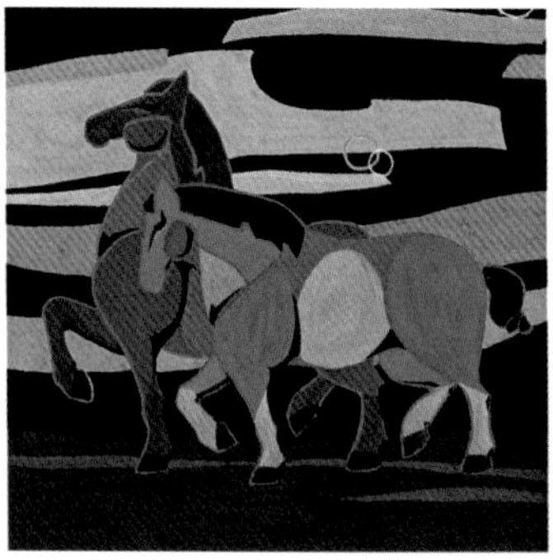
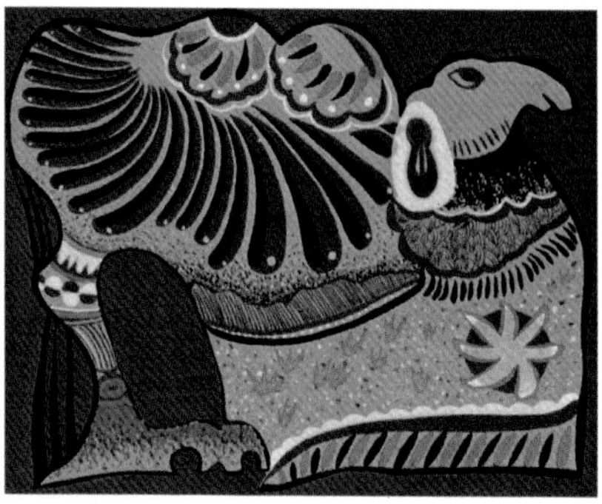
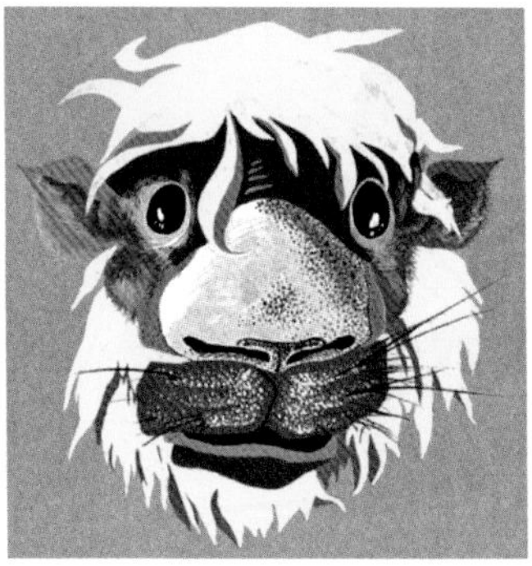
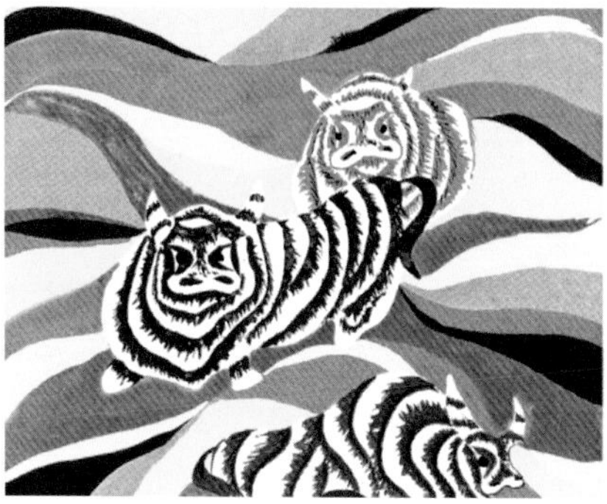
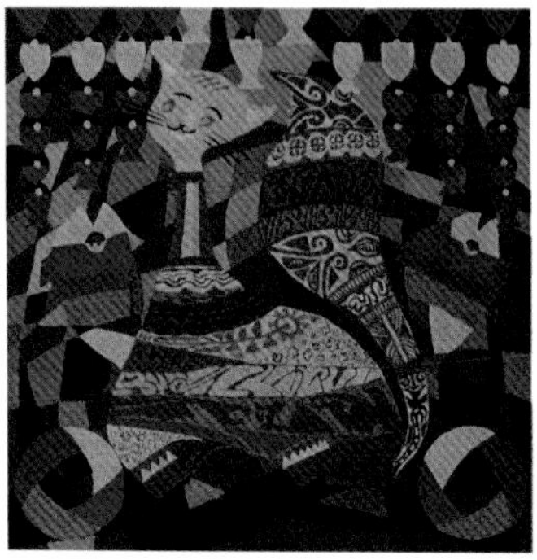
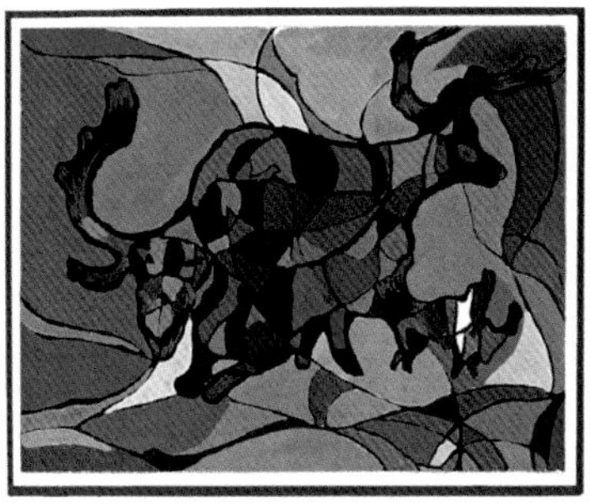
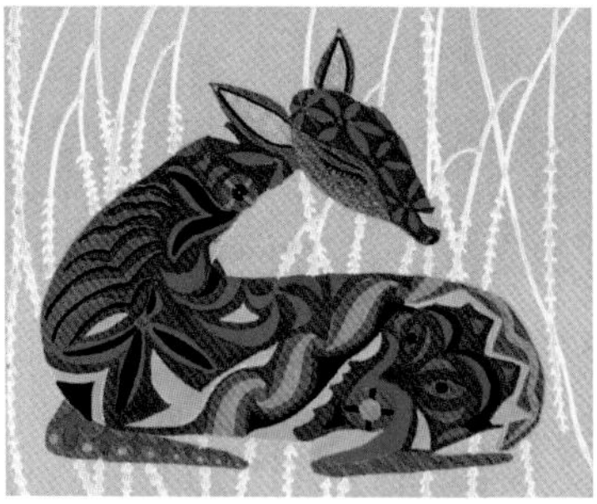
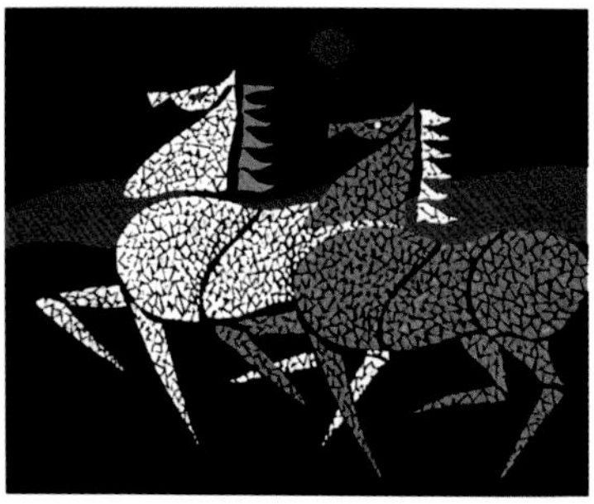
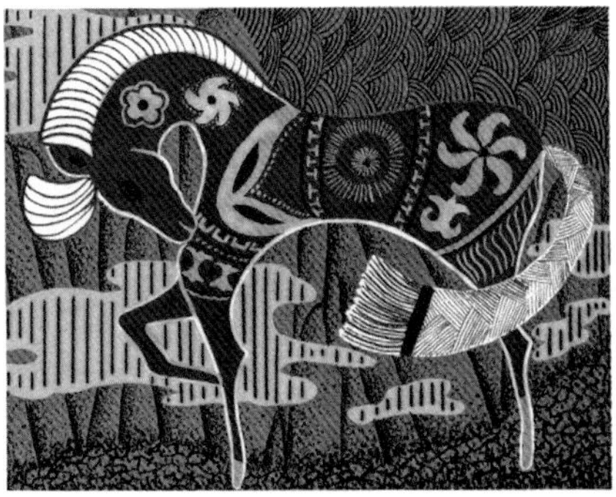
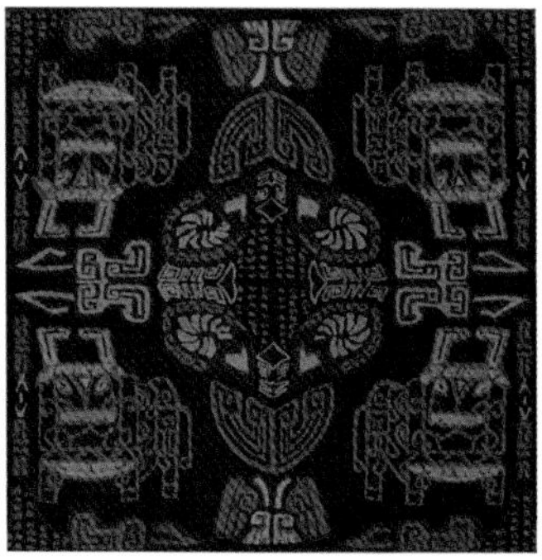
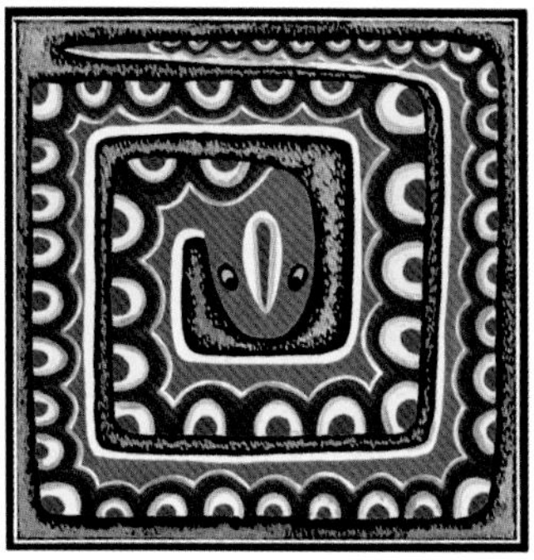

装饰画：植物

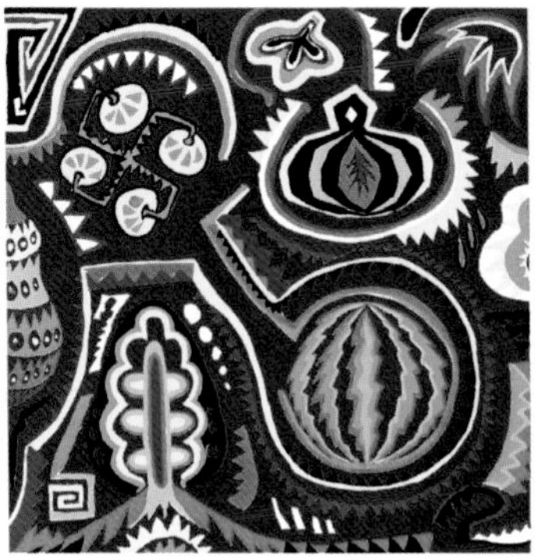
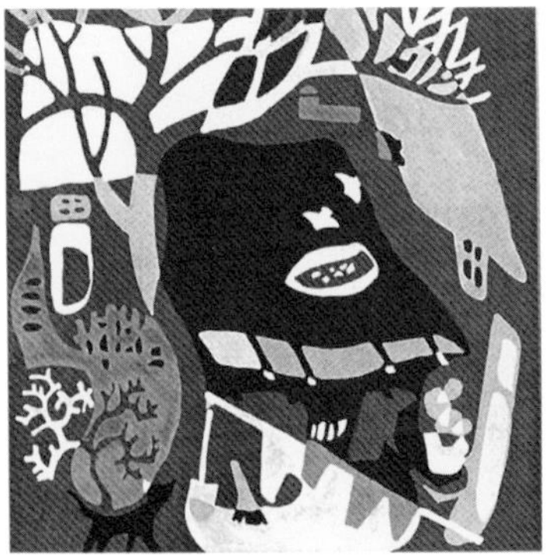
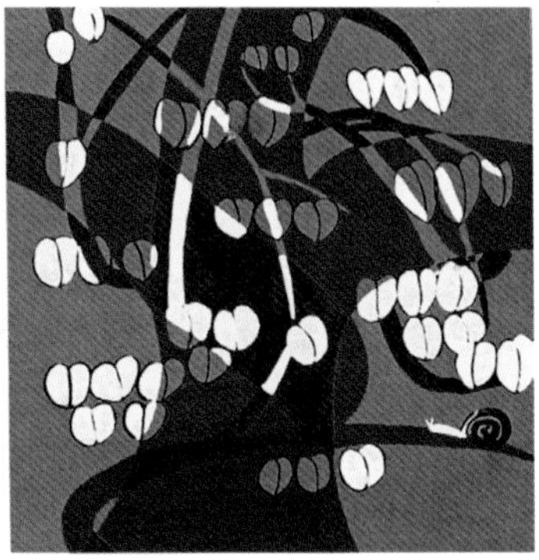
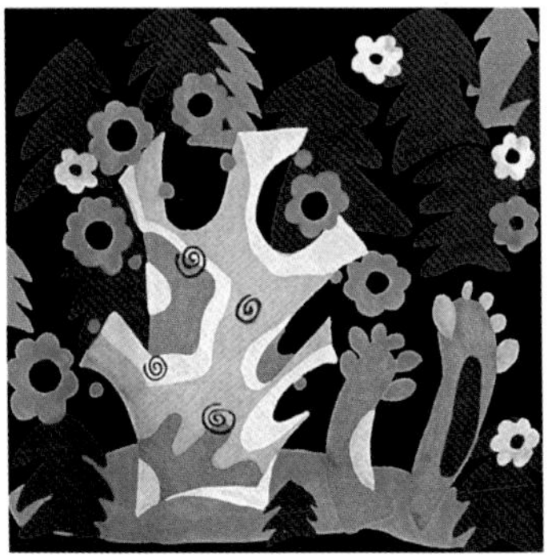
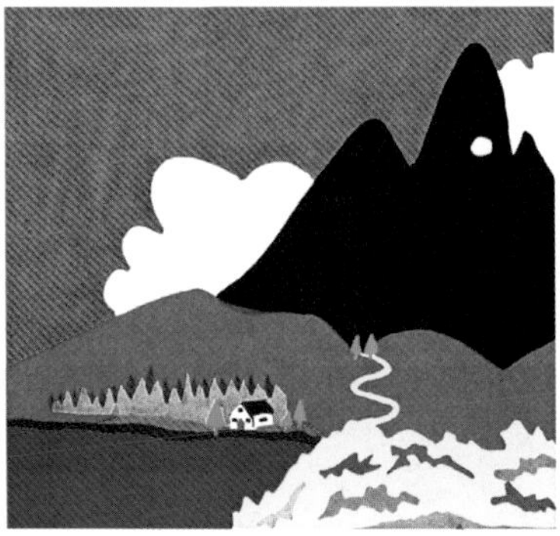
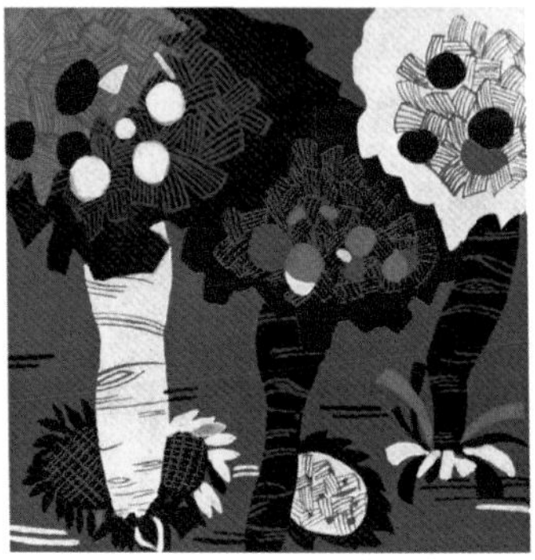
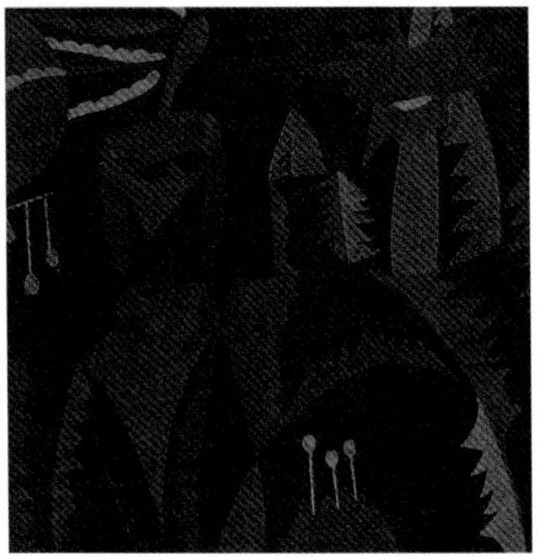
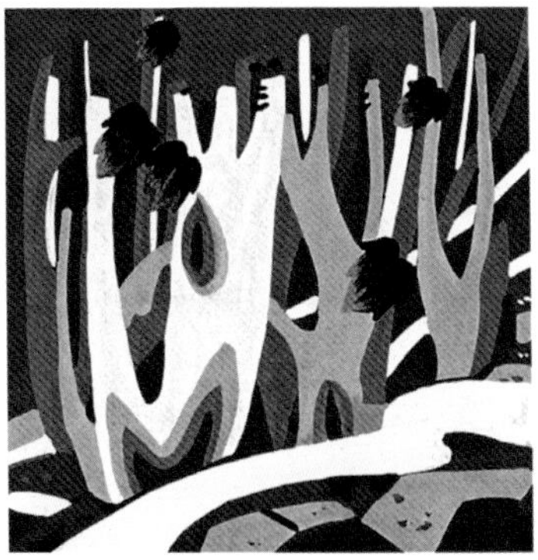
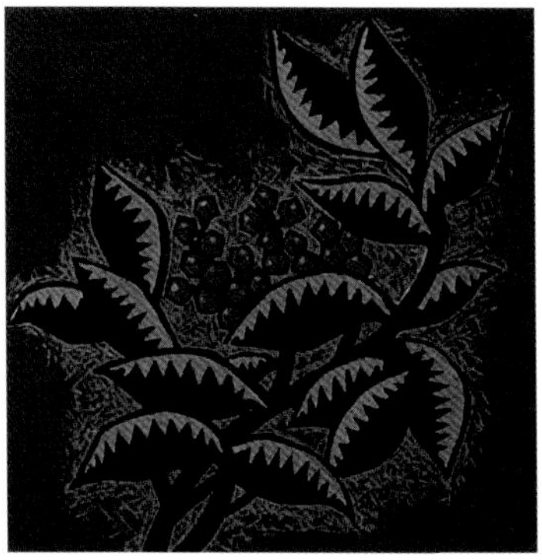
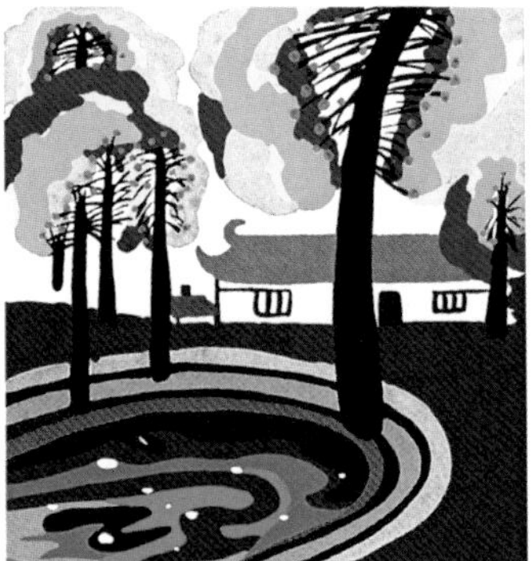
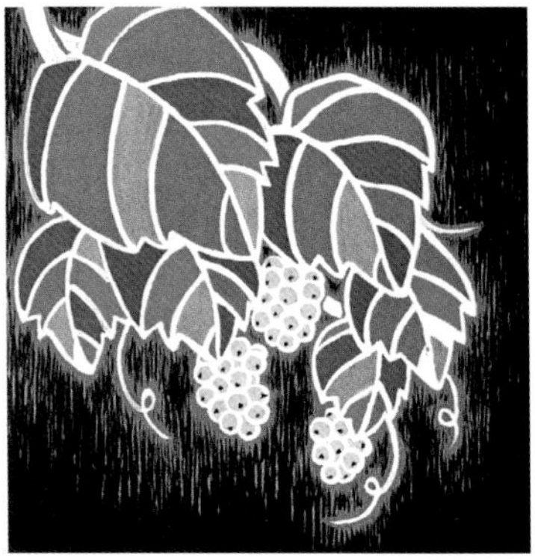
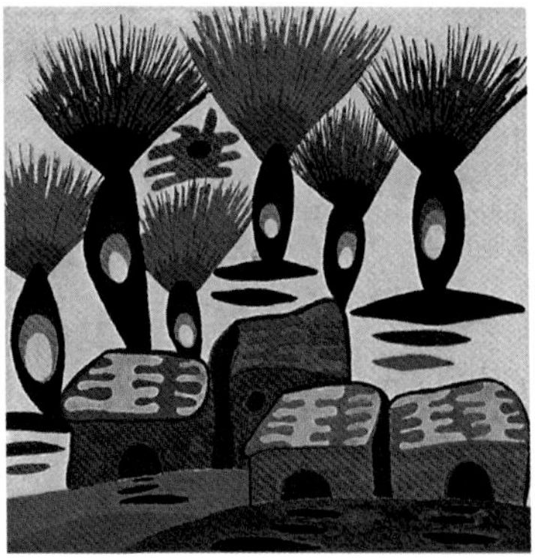

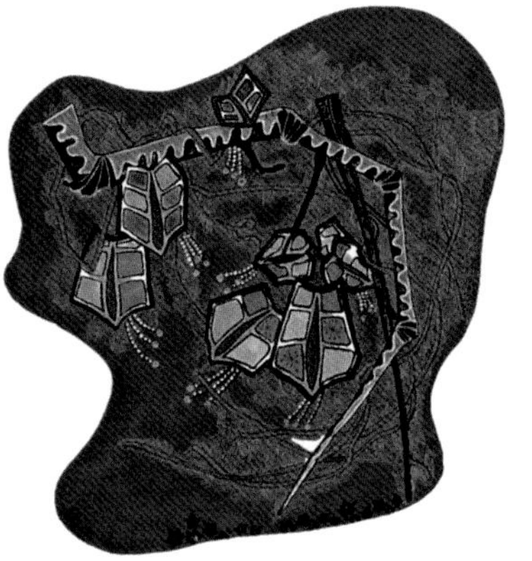

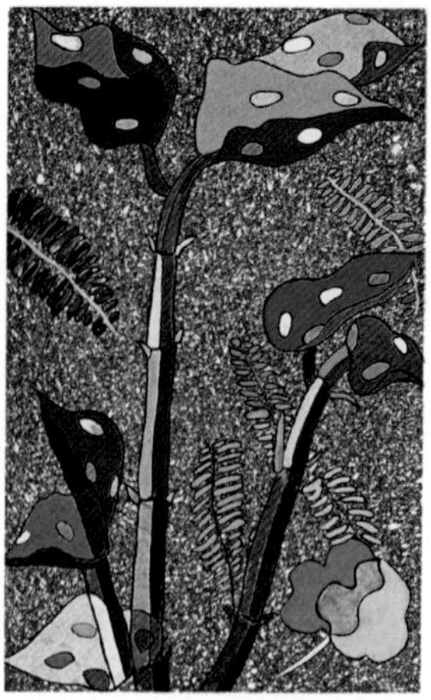

装饰画：风景

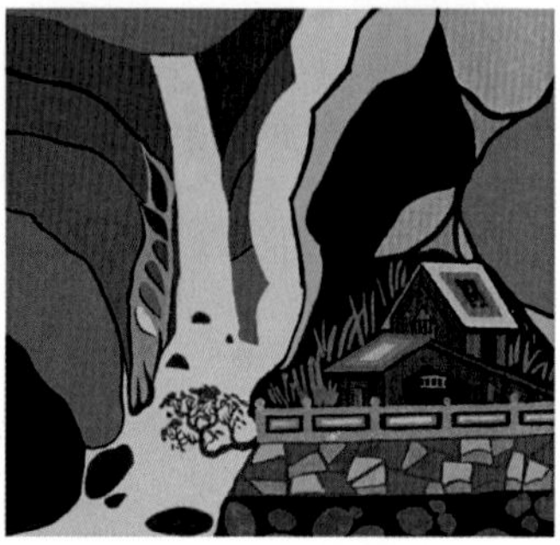

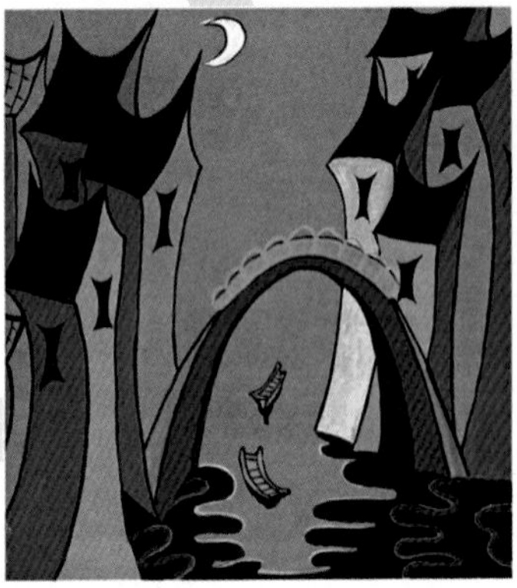

## 范例变化与应用：动物

**范例一：**

设计原稿

变化稿

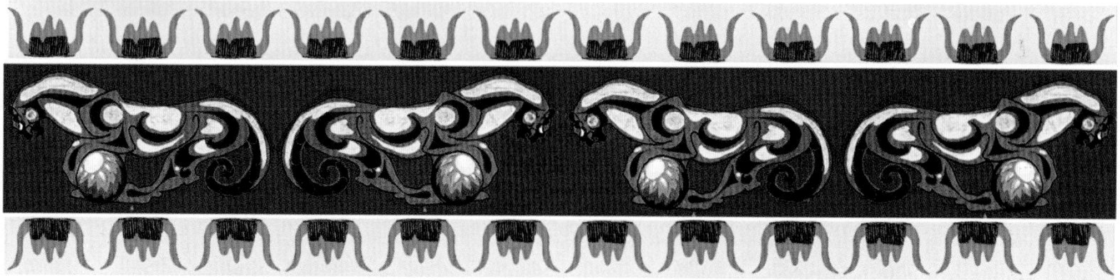

**范例二：**

设计原稿

变化稿

**范例三：**

设计原稿

变化稿

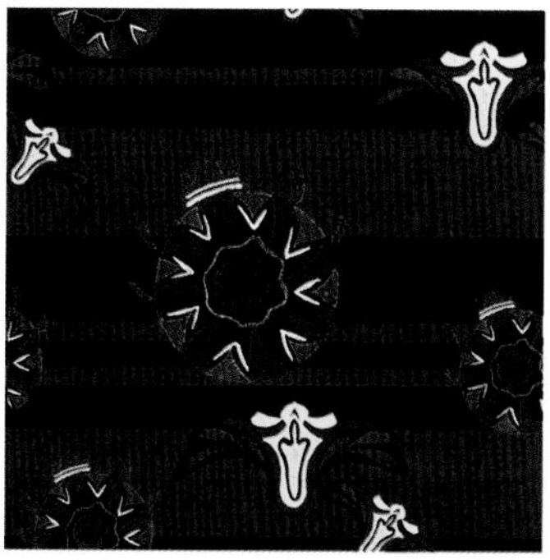

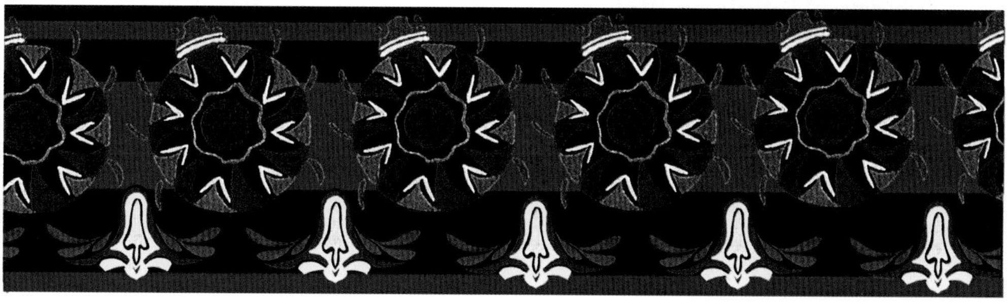

**范例四：**

设计原稿

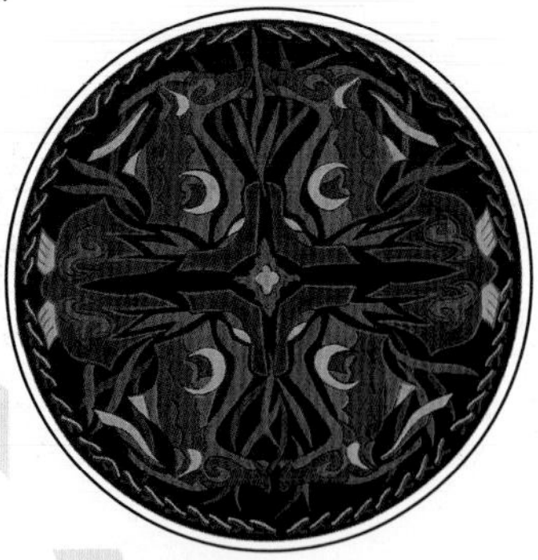

变化稿

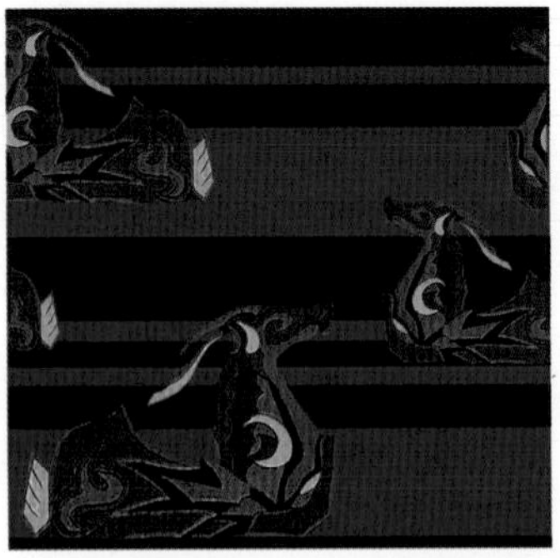

**范例五：**

设计原稿

变化稿

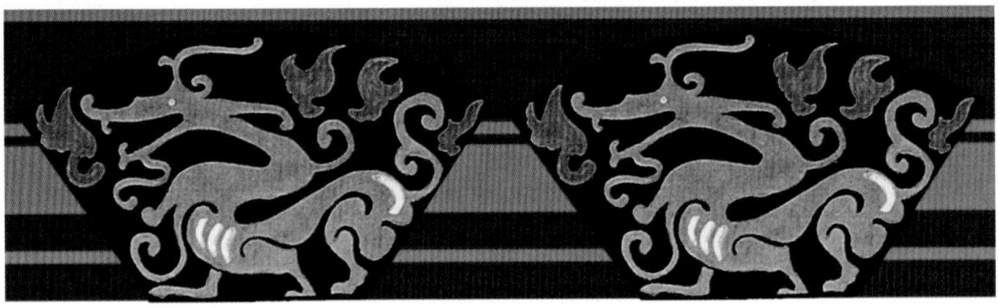

**范例六：**

设计原稿

变化稿

**范例七：**

设计原稿

变化稿

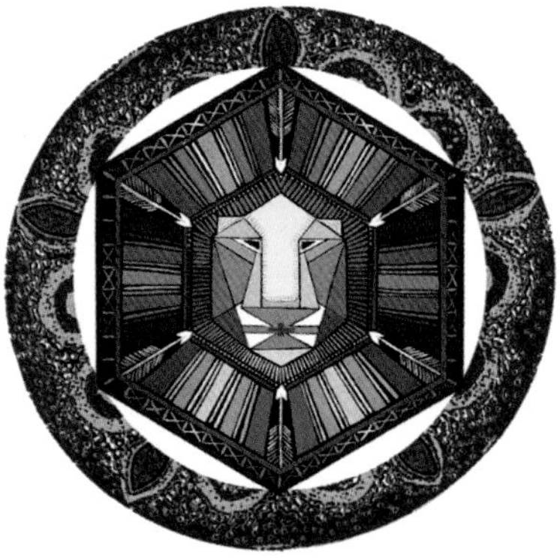

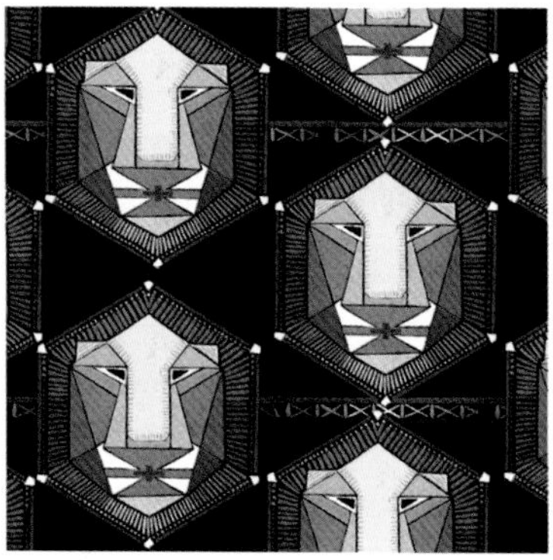

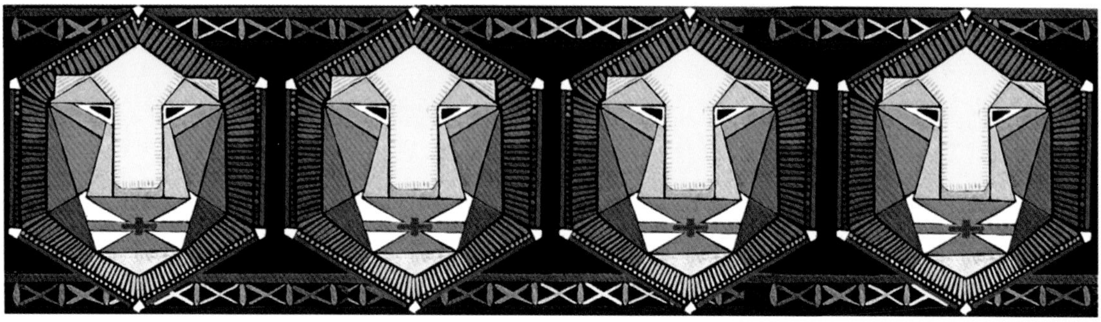

**范例八：**

设计原稿

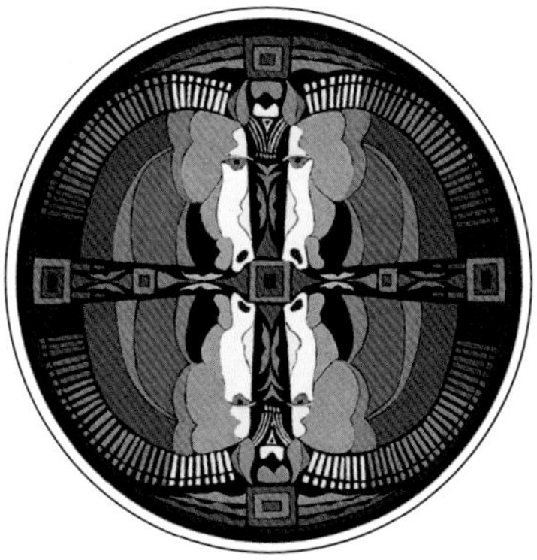

变化稿

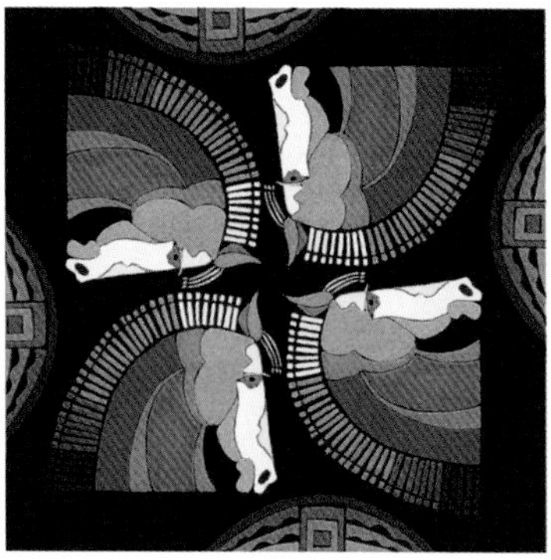

**范例九：**

设计原稿

变化稿

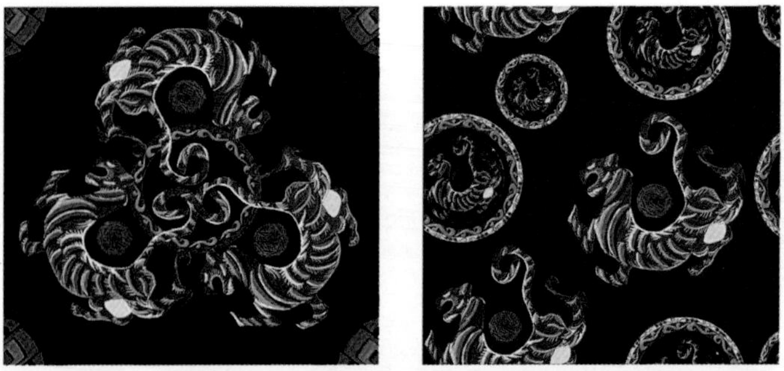

范例变化与应用：风景

**范例一：**

设计原稿

变化稿

**范例二：**

设计原稿

变化稿

**范例三：**

设计原稿

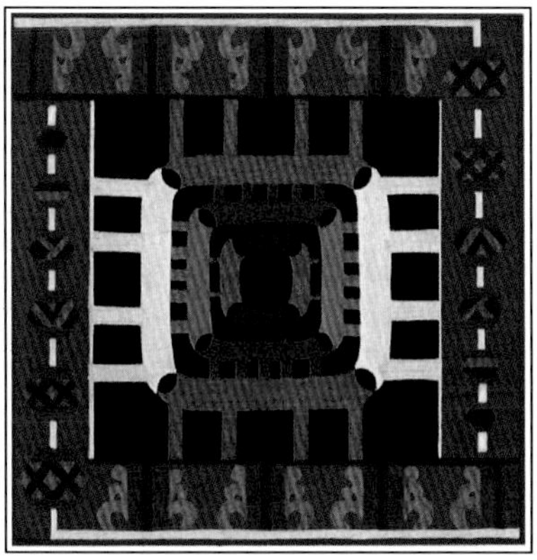

变化稿

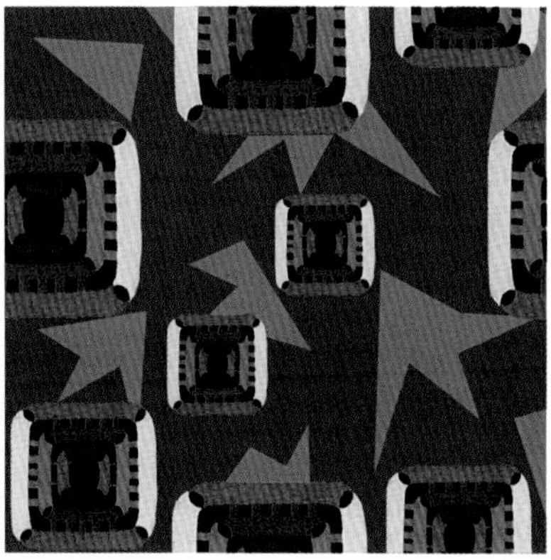

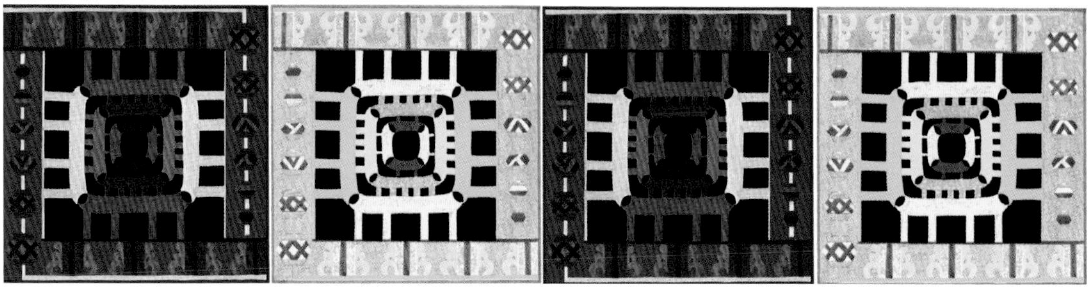

**范例四：**

设计原稿

变化稿

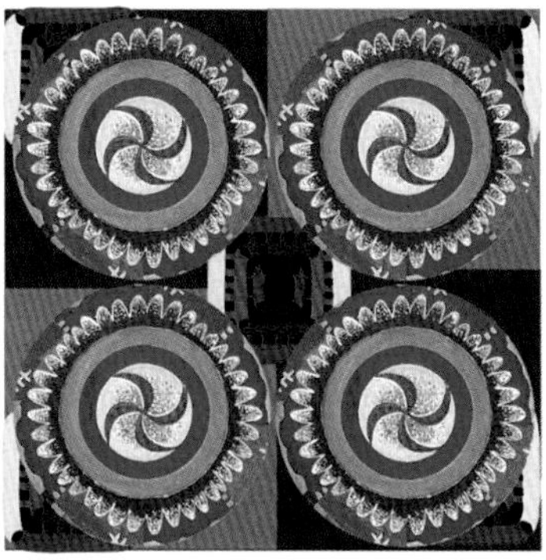

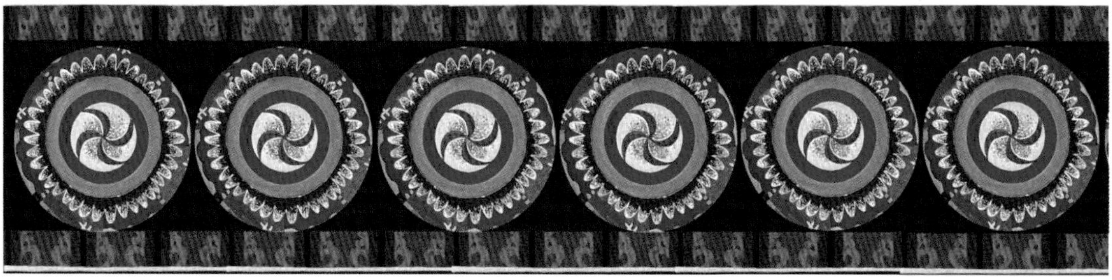

**图书在版编目（CIP）数据**

基础图案实用教学图典. 动物植物风景篇 / 本社编.
—南宁：广西美术出版社，2011.3
ISBN 978-7-5494-0171-0

Ⅰ.①基… Ⅱ.①本… Ⅲ.①动物—图案—设计—教材②植物—图案—设计—教材③风景—图案—设计—教材 Ⅳ.①J51

中国版本图书馆CIP数据核字（2011）第038098号

JICHU TU'AN SHIYONG JIAOXUE TUDIAN
基 础 图 案 实 用 教 学 图 典
**DONGWU ZHIWU FENGJING PIAN**
# 动 物 植 物 风 景 篇

**编　　者**：本　社
**图书策划**：陈先卓
**责任编辑**：陈先卓
**装帧设计**：熊燕飞
**责任校对**：肖丽新　陈小英
**审　　读**：陈宇虹
**终　　审**：黄宗湖
**出 版 人**：蓝小星
**出版发行**：广西美术出版社
**地　　址**：广西南宁市望园路9号
**网　　址**：www.gxfinearts.com
**电　　话**：0771-5701356　5701355（传真）
**印　　刷**：广西万泰印务有限公司
**版　　次**：2011年5月第1版
**印　　次**：2011年5月第1次印刷
**开　　本**：787 mm × 1092 mm　1/16
**印　　张**：11　内插12页
**书　　号**：ISBN 978-7-5494-0171-0/J · 1395
**定　　价**：56.00元

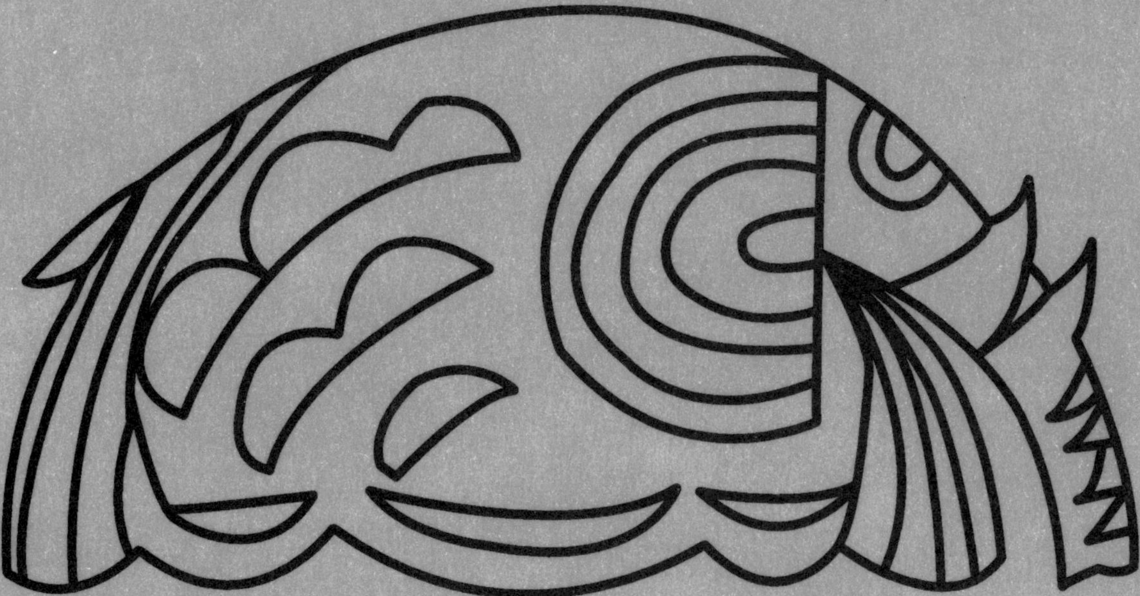

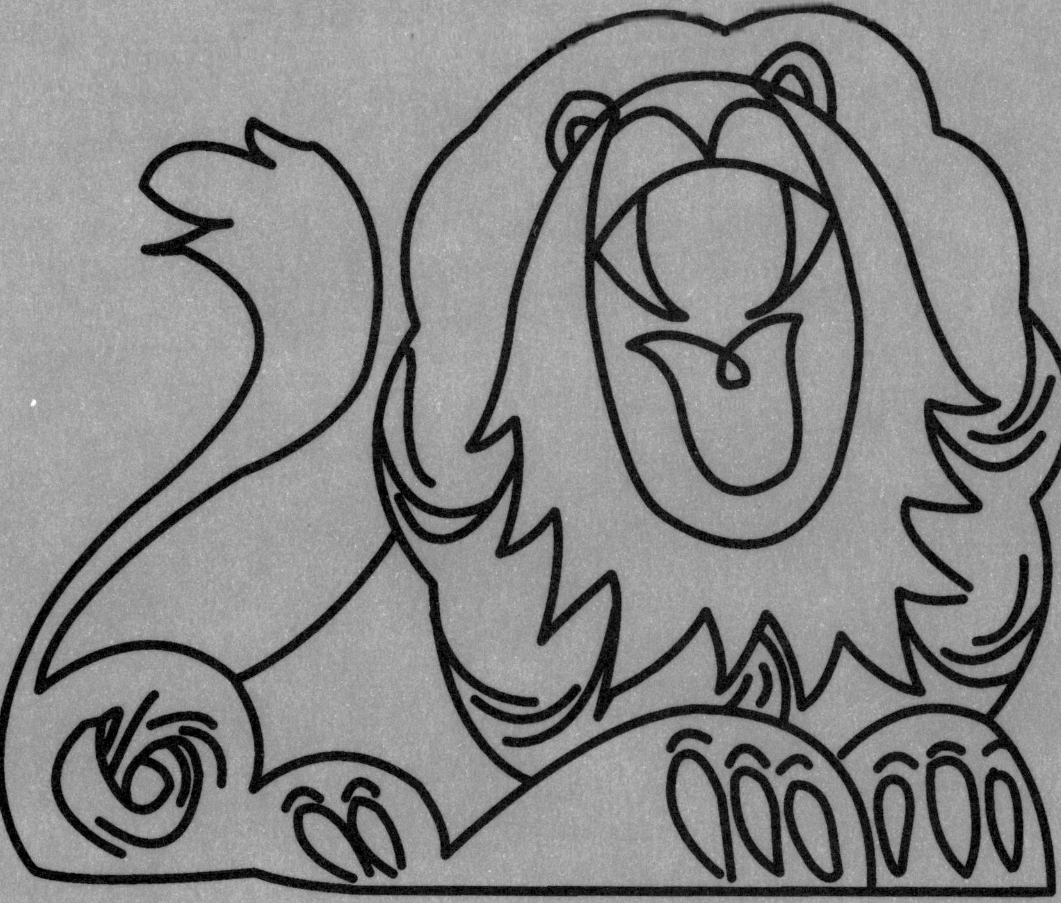

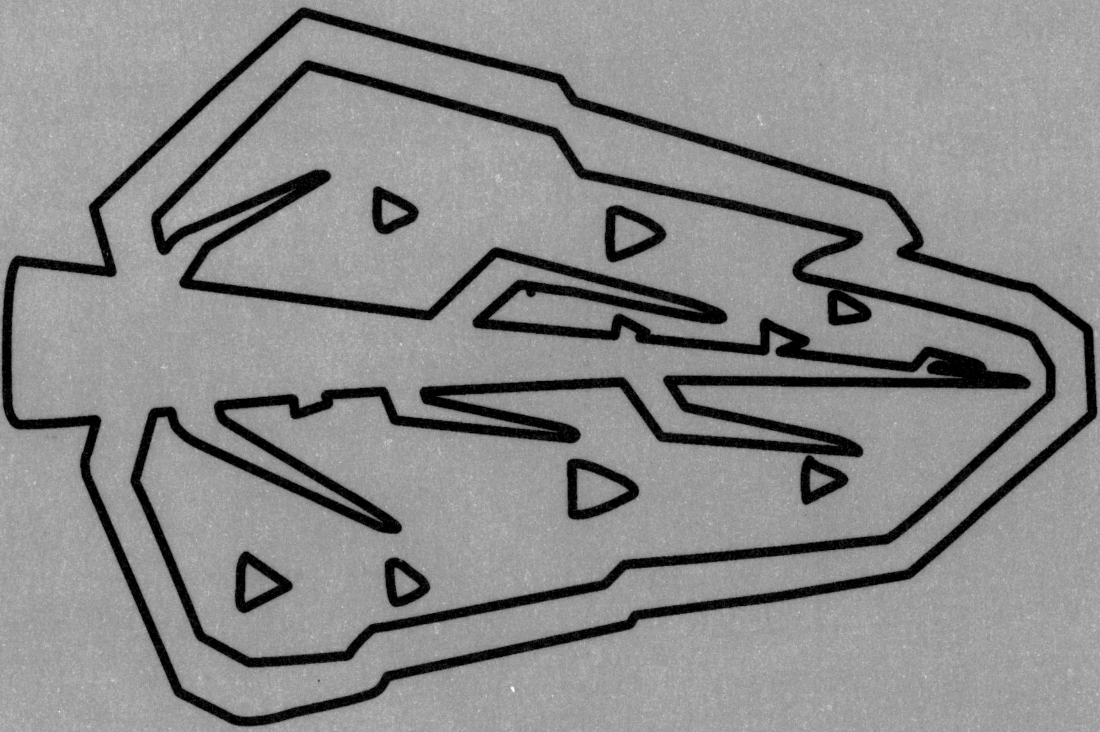